［日］靓丽社组织编写
(Boutique—Sha)

杨 茜 译

宝宝断奶食品

はじめての愛情いっぱい離乳食

U0095611

化学工业出版社

·北京·

本书分5~6个月，7~8个月，9~11个月，1岁~1岁半四个阶段介绍了宝宝断奶食品的制作方法，书中还列举了不同阶段中宝宝的喂养时间和方法，适合第一次当爸爸、妈妈的年轻父母使用。

图书在版编目（CIP）数据

宝宝断奶食品 / ［日］靓丽社（Boutique-Sha）组织编写；杨茜译. —北京：化学工业出版社，2009.1
书名原文：はじめての愛情いっぱい離乳食
ISBN 978-4-122-03978-1

Ⅰ.宝… Ⅱ.①靓… ②杨… Ⅲ.婴幼儿-食谱 Ⅳ.TS972.162

中国版本图书馆CIP数据核字（2008）第166405号

はじめての愛情いっぱい離乳食 / by Boutique-Sha
ISBN 978-4-8347-2575-9
LADY BOUTIQUE SERIES NO. 2575　HAJIMETE NO AIJO IPPAI RINYUSHOKU © 2007 by BOUTIQUE-SHA, Inc.
Original Japanese edition published by BOUTIQUE-SHA , Inc.
Simplified Chinese Character rights arranged with BOUTIQUE-SHA, Inc.,through Owls Agency Inc. and Beijing SMSQ Culture Communications Co., Ltd.
本书中文简体字版由Boutique-Sha, Inc. 授权化学工业出版社独家出版发行。
未经许可，不得以任何方式复制或抄袭本书的任何部分，违者必究。

北京市版权局著作权合同登记号：01-2008-2068

责任编辑：张　彦　高　雅　　　　　　装帧设计：郑小红
责任校对：吴　静

出版发行：化学工业出版社（北京市东城区青年湖南街 13 号　邮政编码 100011）
印　　装：化学工业出版社印刷厂
720mm×1000mm　1/16　印张 6¼　字数 176 千字　2009年2月北京第1版第1次印刷

购书咨询：010-64518888（传真：010-64519686）　售后服务：010-64518899
网　　址：http：// www.cip.com.cn
凡购买本书，如有缺损质量问题，本社销售中心负责调换。

定　　价：29.00元　　　　　　　　　　　　　　　版权所有　违者必究

目录

本书当中使用的婴儿食品

● 大勺=15mL、小勺=5mL、1杯=200mL作为参考基准。
● 在材料当中没有具体显示出单位份量的部分是指按照一位宝宝饮食安排的意思。但是因为存在个人差异、所以请酌情处理恰当的分量。按照每个宝宝的情况来调节。
● 需要牛奶冲调的时候，请按照牛奶的包装说明来冲调。

1

断奶食品小知识

断奶食品是什么？

断奶食品是为了让孩子练习"嚼着喝"

婴儿是依靠饮用母乳或者牛奶来被养育。但是伴随着宝宝的成长仅仅依靠饮用母乳以及牛奶，就会导致营养吸收不够完善，从而产生了从食物上获得营养的需求。能够饮用母乳是婴儿与生俱来的能力，而咀嚼食物练习嚼着喝就是断奶食品的作用。因为存在个体差异，断奶食品从开始到结束大概需要1年左右的时间。

基本方针是"食物的形状越来越大，口感越来越硬"

断奶食品随着宝宝的发育和成长进行。最开始是如同果冻一样的黏稠状每天1次，每次一勺开始。之后，随着咀嚼力和吸入力以及消化功能逐渐的发达，食物的块儿就越来越大，口感越来越硬了。那么我们给宝宝吃的食物的种类与数量也是逐渐地增加。

断奶食品的逐渐增加，差不多在到出生后9个月大的时候可以变成1天3次了。之后，可以将每餐的间隔逐渐拉开，养成早、午、晚1日三餐的规律。规律的三餐可以帮助调整整个生活的节奏。

灵活掌握食物的味道先从没有味道开始

断奶食品的基础是味道清淡。宝宝的身体发育还不是非常的健全。如果过度的摄入盐分会增加肾脏的负担，因此最初还是不要添加咸味比较好。灵活的掌握汤以及汤汁汤料的味道，尽量发挥食物本身的味道。出生后9个月左右的宝宝可以适量的食用少量的调味料。要尽量做到味道清淡、循序渐进地让孩子品尝到各种味道。婴儿的舌头非常敏感。在味觉初形成的时候，让孩子习惯了清淡的味道的话，对于将来的生活习惯以及龋齿的预防也是有很大影响的。

随着孩子的发育以及成长循序渐进

婴儿大概从出生5～6个月左右可以开始吃断奶食品，这个时候孩子已经可以消化除了母乳和牛奶之外的东西了。但是，因为孩子的成长以及发育是存在个体差异的，所以尽量去观察孩子什么时候可以自己挺直了脖子、什么时候可以依赖外部支撑坐起来、什么时候开始显示出对于食物的兴趣。另外，这个时候是对于母乳、牛奶非常依恋的"条件反射性哺乳"时期，因此如果把食物用勺子放进嘴里，也有可能孩子会讨厌被勺子压住舌头，而把食物吐出来的情况。

父母也能欢笑着将食物的乐趣传递给孩子

孩子在食用断奶食品的时候，就是孩子在练习吃饭的时候。吃的时候有碎块落下来或者总是吃得不像成年人那么干净舒服是理所当然的。努力做好了，宝宝却不吃的时候不要失望。如果喂饭的爸爸妈妈感到烦躁和焦虑，这种情绪马上会传染给宝宝。爸爸妈妈们要放松，一边轻声地说着："真美味哟"、"宝贝吃得真好"一边给宝宝喂饭是最理想的方式。要让孩子感受到"吃东西是愉快的事情"，这才是最重要的。

预测断奶食品的进程表

	断奶开始 ⟶ 断奶完成			
	出生后5～6个月左右	7～8个月左右	9～11个月左右	1岁～1岁半左右
食品的目测量	观察孩子的情况，1天1次，每次一勺 母乳以及牛奶只在宝宝需要的时候才给	1天2次培养饮食的规律 一边让宝宝逐渐地适应各种味道和口感，一边逐渐增加食物种类	注意饮食的规律，向着每日3餐努力 让宝宝体会和家人在一起围坐餐桌的乐趣	重视孩子1日3餐的饮食习惯，调整孩子的生活节奏 让宝宝可以从用手抓着吃开始，体会自己吃饭的乐趣
食物形态	食物被磨得非常碎程度	可以在舌头上被舔碎程度	牙龈可以磨碎的硬度	牙龈可以咬碎的硬度

1次左右的饮食量		出生后5～6个月左右	7～8个月左右	9～11个月左右	1岁～1岁半左右
I	谷类(g)	煮得很烂的粥(糊)开始	粥类50～80	粥类90，软米饭80	软米饭90，米饭80
II	蔬菜、水果(g)	完全磨碎的蔬菜也可以开始尝试	20～30……	30～40	40～50
III	鱼(g)	习惯之后还可以继续尝试完全磨碎的豆腐、白鳞鱼	10～15	15	15～20
	偶尔的肉(g)		10～15	15	15～20
	或者豆腐(g)		30～40	45	50～55
	或者鸡蛋(g)		蛋黄1～整鸡蛋1/3	1/2鸡蛋	1/2～2/3鸡蛋
	或者乳制品(g)		50～70	80	100

以上所提到的量都是预计的，要根据宝宝的成长状态发育进程以及食欲进行调整

预测成长　将身高、体重记入成长曲线图表、沿着成长线的起伏就可以得到确认

（参考文献：厚生劳働省『授乳・離乳の支援ガイド』平成19年3月）

有助于制作断奶食品的工具

测量工具

计量匙
　一般要准备大的
（15mL）和小的
（5mL）。也有"大匙
1/2"、"小匙1/2"等标
准的汤匙成为一套的，
非常方便。

称量
　即使称量的量非常少也可以
准确地显示，推荐以克为单位
的数字式电子秤。

测量杯
　一般情况下要准备可以容下200mL液体的
尺寸。选择容易看清楚刻度的。

切、削皮、研磨的工具

案板、刀
　使用后要用洗洁净清洗干净并
且擦干，使用前也要冲洗。要经
常保持清洁是最重要的。

削皮器
　可以用来削根茎类蔬菜的
皮，或者将蔬菜片成薄片，
非常方便。

小茶漏
　可以过滤汤汁以及汤
水时候使用。食物磨碎
后容易堵住，使用小刷
子轻轻刷洗就可以。

研磨碗、研磨棒
　尽量选择比较小的型号
的。大型号的也可以，但是
如果食物不小心溅入眼睛不
容易清洗。

食物过滤网
　煮好的青菜可以放在里面
包好。还可以代替滤茶网以
及滤酱筛子来使用。食物磨
碎后容易堵住，使用小刷子
轻轻刷洗就可以。

切、削皮、研磨的工具

食物处理器
可以将煮好后的青菜捣碎、可以将肉或者鱼捣成糊状。将一定数量的食物一次就可以做成，非常方便。

擦菜器
研磨根茎菜或者薯类时候使用。因为小洞比较容易堵塞，所以使用后需要小刷子清洗。

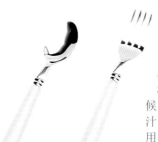

小勺子和叉子
将食物捣碎调和的时候使用。小勺子在有汤汁和果汁的时候调和使用非常方便。

加热工具

小锅
制作断奶食品的时候由于一次需要处理的食物量比较少，因此推荐使用小锅来蒸煮食物。

微波碗
使用微波炉来加热食物时候以及将冷冻的食物解冻的时候都是非常好用的。

勺子
根据宝宝的喜好有各种各样的材质和形状。
因为是要随着食物进入宝宝口中，尽量挑选柔
软的材质。

饭碗
只要是干净的容器什么都可
以。宝宝能够自己吃饭时候即
使经常不小心掉落地上，也不
容易破碎的材质就可以了。

围嘴儿
为了防止弄脏衣服的用品。本来普通的围
嘴儿也是完全可以的，但是照片当中的这个
有导流口，用起来比较方便。

卫生工具

洗手液
给宝宝做饭以及喂饭之前，爸爸妈
妈一定要充分地把手洗干净。

抹布
要尽量多的准备干净的抹布。使用
后要用清洁剂清洗干净后完全晾干保
存。

保鲜盒 保鲜袋
将食物冷藏冷冻时候使用。尽量选择可以密封的产品。在冷冻保存时候要选择可以冷冻用的那一种。

保鲜膜
在微波炉加热时候以及包裹食物时候使用。除此之外，还可以覆盖在保鲜盒上使用，是保存食品不可欠缺的好帮手。

制作断奶食品的方便套装
本来制作断奶食品没有必要一定使用特别的工具，但是现在市场上有一种套装很流行。经常被用于制作断奶食品的工具分成一套，可以收纳在一个套盒里。

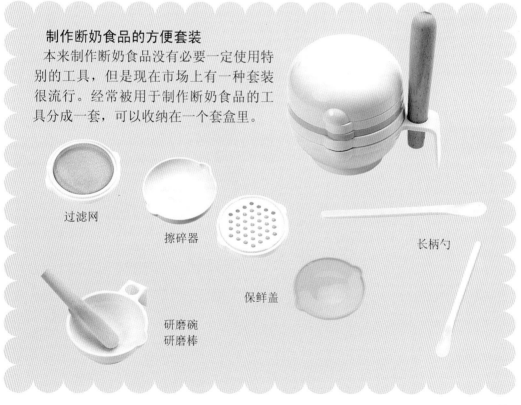

过滤网

擦碎器

长柄勺

保鲜盖

研磨碗
研磨棒

切东西的基础 ●●●●●●●●●●●●●●●●●●●●●

● 根茎菜

切的方向

纤维方向

● 带叶蔬菜

切断方向

纤维方向

切断纤维吃起来才方便

为了让宝宝吃起来比较容易，一定要将蔬菜的纤维切断。并且将蔬菜纤维切断后捣碎研磨的工序也会变得简单起来。

■ 切成末儿

● 根茎类蔬菜

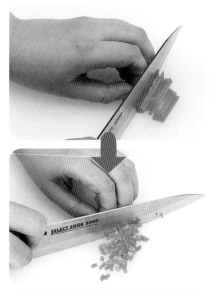

切成薄薄的片之后将若干薄片重叠，从一端开始细细地切，再之后将切成的丝横过来继续从头细细地切。

● 带叶蔬菜

首先煮一下，滤干水分后，从一端开始细细地切。之后转到保持与切菜板平行的状态，一手按住刀的前端继续细细地切。

■ 切成丝儿

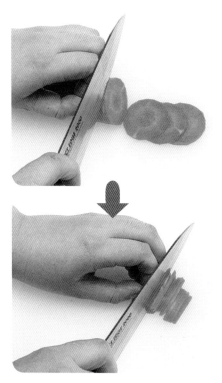

先切成薄薄的片儿，之后将薄片若干重叠放，从一端开始细细地切。

■ 切段儿

葱或者黄瓜等细长的蔬菜要从一端开始按照一定的厚度逐步切下来。

■ 切分瓣

番茄洋葱等圆形的蔬菜从中间竖着切开，然后从中间开始成放射状来切。

■ 切丁儿

已经切成适当长度的胡萝卜或者萝卜从中间继续平分切开。切开后继续以一定厚度从每个平分段中间平均切开。

■ 切薄片儿

肉或者鱼顺着刀锋摆放好，左手轻轻地压在上面、轻轻地切下薄薄的片。

添水的技巧 ●●●●●●●●●●●●●●●●●●●●●●●

■ 稍微点点

将食物放进锅里之后从水面上可以看到（露出）食物的一点点状态。

■ 稍微浸没

将食物放进锅里之后从水面上完全看不到食物。

■ 完全浸没

将食物放进锅里之后完全沉入水底。

煮东西的基础 ●●●●●●●●●●●●●●●●●●●●●

■ 煮根茎类蔬菜

将食物和水放进锅里之后将火点燃。煮到沸腾之后将火减弱，加热到食物完全柔软下来。

■ 煮蔬菜

将锅里加水后开火，煮至沸腾后加入要煮的食物。比如菠菜等要将不容易煮熟的根的部分先放进去。

■ 煮切成薄片的鱼肉

将锅里加入水后开火，煮至沸腾后加入要煮的食物。即使食物表面变了颜色也还需要继续稍微煮一下，要让食物的里面也充分煮熟。

■ 煮切成薄片的肉

将锅里加入水后待烧开到沸腾时候将展开的肉片一片片放进去，待肉的表面颜色完全变成白色后捞出。

■ 煮绞肉

将锅里加入水后开火，煮至沸腾后将绞肉放入茶漏，一起放进热水当中煮。一边轻轻搅拌一边加热到全部变成白色（注意烫伤）。

■ 煮小白鳞鱼

将锅里加入水后开火，煮至沸腾后将小白鳞鱼放进茶漏一起放进热水当中煮，稍微煮一下即可出锅（注意烫伤）。

调理的基本方法 ●●●●●●●●●●●●●●●●●●●●●●●●●●●●

■ 研磨碾碎的基本方法

食物煮软后将水分滤干。趁着还有余温放入研磨用的小碗中逐块捣碎，不要动作太大，要逐块的轻轻碾碎。

✕ NG！

要将蔬菜切成小块后再进行磨碎，如果食物的块太大会不容易碾磨。

■ 调和搅拌

碾碎后的食物如果还是稍微嫌硬的话，加入少量的汤汁或者果汁用勺子充分地搅拌调和。

11

■ 用手来碾碎

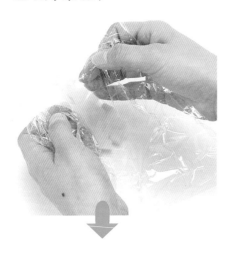

　　将食物煮软后将水分滤干。趁着余温用保鲜膜包裹2层后用手指进行按压。为了避免烫伤一定要注意将食物包裹好。

■ 用叉子碾碎

　　将食物煮软后将水分滤干。放在盘子里用叉子的背面将食物碾碎。

■ 用叉子擢开

　　将食物煮软后将水分滤干。放在盘子里用叉子的背面将食物擢开。

■ 腻合过滤

　　将食物煮软后将水分滤干。趁着余温将食物放在过滤网上，用勺子轻轻按压。最后将粘在过滤网下面的部分也一起收起来。

■ 擦磨

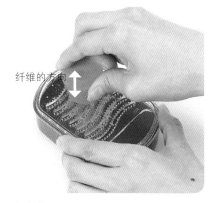

纤维的方向

将去皮的食物顺着纤维可以被切断的方向擦刮。

■ 调成糊状

将淀粉以1：2的比例加水调成淀粉糊。之后，将调好的淀粉糊放进开至沸腾的汤锅里，充分搅拌后，整锅的汤就变成了我们需要的糊状。

● 有助于调糊的食物

土豆削皮后将生土豆擦磨，之后加入汤汁加热。

面包屑加入汤汁后加热。配合断奶食品的进程，如果颗粒稍微嫌大的话，可以细细的再进行过滤研磨。

酸牛奶加入断奶食品充分搅拌。

冻豆腐干在豆腐干的状态下擦磨后加入汤汁加热。

香蕉去皮碾碎后仍然感觉过于黏稠的话，可以加入果汁或者汤汁调和搅拌。

粥的制作方法

粥的制作方法 ●●●●●●●●●●●●●●●●●●●●●●

■ 用米饭来做粥 （用10倍水的米粥作为例子）

材料：
● 米饭1/2杯
● 水2杯。

1 将米饭和水同时放入小锅内轻轻搅拌后中火即可。

2 煮开后变成小火，继续煮10分钟左右。

3 关火后盖住锅盖焖大约7~8分钟。

4 放进研磨碗内一边碾碎一边调和成糊状。

做好咯！

■ 使用微波炉

1 将10g米饭和3大勺水放进微波容器里。

2 轻轻覆盖上保鲜膜后放进微波炉里面加热。为了防止蒸汽漏出，可以将保鲜膜两边稍微多预留出一些覆盖住容器。

3 从微波炉中拿出后维持原状稍微焖一下。必要的话还可以继续碾碎。

※ 微波炉加热时间以500W的情况为基准。加热时间的长短会因为微波炉型号种类不同而产生差异，请酌情调节处理。

■ 用米做粥

材料:
● 米1/4碗
● 水2.5杯。

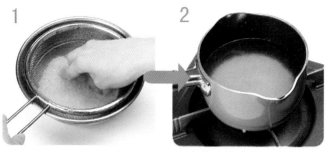

1 淘米:米洗净后滤干水分。

2 让米吸饱水分:将米和水放进锅里,放置大约20分钟左右,让米粒吸饱水分。

3 用小火煮:开始用中火,待开至沸腾后关小火煮20分钟左右。

4 关火后盖着锅盖焖7~8分钟。

5 研磨捣碎:放入研磨碗中一边碾碎一边调和。

制作粥和软饭的加水量		
种类	米饭:水	米:水
10倍水的粥 (5~6个月)	1:4	1:10
7倍水的粥 (7~8个月)	1:3	1:7
5倍水的粥 (9~11个月)	1:2	1:5
软饭 (1岁~1岁6个月)	1:0.5	1:2

■ 面包粥

1 将除去了硬皮的面包掰碎后放进锅里。

2 加入牛奶后轻轻搅拌用小火煮成糊状。

3 如果觉得有必要还可以放入研磨碗中一边碾碎一边调和。

15

汤汁的制作方法

高汤的制作方法 ●●●●●●●●●●●●●●●●●●●●●

材料（大概2杯左右的分量）
- 海带 3cm×3cm2块
- 木鱼花 10g
- 水 2¼杯

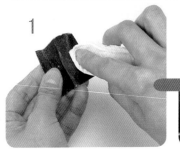

1 用稍微有些潮湿的厨房专用纸把海带表面的污垢以及尘土擦干净。

2 将海带和水放进锅里，约30分钟左右。

3 用小火加热直到即将沸腾时候将海带取出。

4 沸腾后将木鱼花加进去煮1分钟左右。

5 关火后放置大约3分钟左右。

6 用茶漏或者笊篱放在碗上，将5缓缓注入碗中。

方便海带汤

将大约2cm的海带用稍微有些潮湿的厨房专用纸擦拭后，加水（1/2杯）浸泡大概1小时左右即可。

鲣鱼汤

1 将鲣鱼（1小勺）放在茶漏或者笊篱里面。

2 将小茶漏放在小碗上，注入热水大约1/2杯。

蔬菜汤的制作方法 ●●●●●●●●●●●●●●●●●●●●

材料（大约2杯的分量）
● 卷心菜、胡萝卜、芜菁等材料大约200g
● 水4杯

1 切菜：将蔬菜洗净去皮后切成适当的块状。

2 将蔬菜和水放进锅里：将1和适量的水放进锅里用大火加热。

3 小火咕嘟咕嘟煮：开至沸腾后变成小火，继续煮大约20分钟。

4 撇出飞沫：在煮的过程中会出现飞沫儿，用小茶漏撇除。

5 取出汤汁：将笊篱放在碗上，将4缓缓通过笊篱注入碗中。

适合作蔬菜汤的蔬菜

适合作蔬菜汤的蔬菜没有什么特别的要求，只要是没有特别刺鼻的味道、飞沫比较少的蔬菜都可以。除了在上面制作方式当中列举的蔬菜以外，还推荐萝卜、青梗菜、油菜、白菜等。不适合用在断奶食品当中的蔬菜汤的蔬菜如同芹菜一样带有异味的蔬菜、如同菠菜一样会产生很多飞沫儿的蔬菜。

汤汁还可以使用市面上现有的产品

类似汤汁虽然比较推荐自己制作的新鲜的，实际上制作起来可能或多或少都会感觉比较麻烦。比较繁忙的时候可以使用市面上贩卖的产品。只要加入热水稍微搅拌一下马上就可以使用，非常方便简单。只要稍微注意所加的水的多少就可以调节味道口感的咸淡。一般市场上卖的有粉末状、固体块状或者颗粒状的若干种。含有盐分比较多的尽量不要用在断奶食品中。

婴儿食品当中的汤汁（高汤）只要加入热水冲调即可。

活用微波炉

微波炉的基本调理法 ●●●●●●●●●●●●●●●●●●●●

■ 煮蔬菜

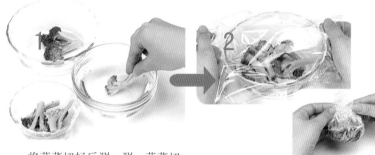

将蔬菜切好后涮一涮：蔬菜切好后，稍微用水涮一下。要注意完全没有水分的话容易烤焦。

覆盖上保鲜膜加热：放入微波碗，轻轻盖上保鲜膜加热。或者用保鲜膜包好后放进微波碗当中加热也可以。

方便的专用器皿：
可以用微波炉来煮蔬菜的专用器皿，现在市场上也有得卖。因为里面有个小小的隔断如同小漏斗，这样的容器煮好的蔬菜不会湿嗒嗒的。

■ 蒸

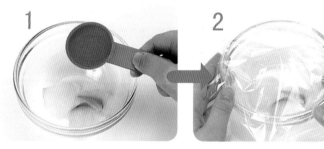

将食物和水放进微波碗：将生的鱼或者肉放进微波碗之后加水。

覆上保鲜膜后加热：轻轻覆好保鲜膜进行加热。

■ 炒

将食物放入油后加热：将切好的食物放进微波碗里加入少量的油搅拌好，覆盖上保鲜膜后加热。如果食物的量比较多的话，中途要搅拌一下。

微波使用秘诀 ●●●●●●●●●●●●●●●●●●●●●●●●●●●●●●

✕ NG！

用微波炒菜不盖保鲜膜：不希望炒出来的东西湿嗒嗒的话，一定要覆盖好保鲜膜之后再开始加热。

　　轻轻覆盖保鲜膜：无论是覆盖在微波碗上还是直接包裹食物都需要将保鲜膜轻轻的覆盖。如果盖得太紧贴，蒸汽无法泄出可能会导致保鲜膜中途破裂。

　　微波用保存容器可以透气：使用可以用于微波的保存容器加热，这个容器自身对于排除蒸汽是有准备的哦。如图中这个就有专用的排气孔。

可以用微波炉来烹制的其他食品 ●●●●●●●●●●●●●●●

■ 水发干货

1

2

3

　　将干货放在微波碗里面：先将干货洗净，放入微波碗里。因为干货在经过水发后量会增加，所以建议使用一个稍微大一点的容器。

　　加水：给微波碗里面加水。

　　覆盖上保鲜膜加热：轻轻地覆盖上保鲜膜，加热2分钟（因量而异）。

■豆腐"缩水"

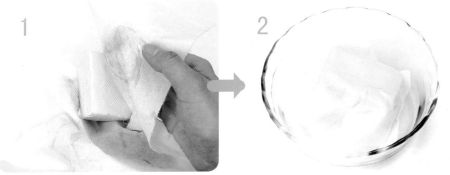

用厨房专用纸包裹：用厨房专用纸包裹豆腐。

放入微波碗里加热：将1放入微波碗里，不要覆盖保鲜膜直接进行加热。（1/8块差不多1分钟左右）。

■煮面

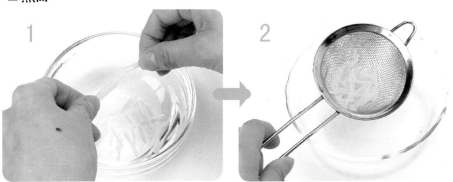

将水和面放进微波碗：将折成适当长度的面和水放入微波碗里。

加热后控出水分：不要覆盖保鲜膜直接加热6～7分钟（因面的种类不同加热时间会有变化），加热后放在笊篱上滤干水分。

能微波的碗和不能微波的碗

　一般情况下能够适用于微波的有：玻璃碗、塑料碗以及陶制的碗。但是，不抗高温的水晶玻璃以及耐热不满140℃的塑料碗都不能在微波中使用。还有表面附着了金银制品的陶制品也是不可以的。除此之外，对于微波有反作用的金属制品以及可能会被烧焦的木制品也是不能放进微波里来使用的。

使用微波时候一定要对于容器的材质进行确认。

※　使用微波炉加热的时候，微波炉的型号种类以及功率不同，所以热的食物的数量不同而产生差异，请酌情调节处理。

营养均衡优先

基本菜单模式=谷类+蛋白质食物+蔬菜

刚刚起步给宝宝做断奶食品的时候，无论是宝宝的食量还是可供选择的食品种类都少之又少。首先，与其考虑食品能供给的营养成分和能量，不如先让我们来明确这样的目标：让宝宝的小舌头适应除了母乳和牛奶的美味。当宝宝逐渐习惯了1天2次的这种断奶食品后，我们再花点心思在重整营养均衡的食谱上来。

菜单的基础是：谷类（米、面包、面等）为主的 "主食" +蛋白质食品（肉、鱼、鸡蛋等）为主的"主菜"+以蔬菜水果为主的"副食"。但是不是说要求我们每一餐都必须准备3种以上的。当宝宝吃得很少的时候，那么在一次进餐当中如果可以做到"主食兼主菜"或者"主菜兼副食"就最好了。虽然说每一餐都营养均衡是最为理想的，但是实际制作起来却非常困难，爸爸妈妈们的负担也会感觉很沉重呢。那么我们就朝着每天的营养都均衡来努力吧！

基本菜单 ●●●●●●●●●●●●●●●●●●●●●●●●●●●

谷类　主食

米饭、面包、面
富含糖分可以为宝宝身体充电。首先从米饭（煮得软软的粥）开始。除此之外我们再逐步挑战掰碎了的面包粥以及软软的面条。

蛋白质食品

鱼、肉、鸡蛋、大豆制品以及乳制品
富含多种蛋白质的食品，可以带给宝宝健康的血液以及强壮的肌肉。需要重视的可不光是动物蛋白，植物蛋白也是宝宝必不可缺的东西哦。

蔬菜类

蔬菜、水果、海藻等
富含丰富的维生素、矿物质的食品能够调节宝宝的各种身体机能。配合着宝宝成长的步伐，要给他（她）各种各样丰富的食物。让我们积极的给宝宝这些美味的蔬菜——胡萝卜、菠菜！

主菜　**副菜**

基础

主食	+	主菜	+	配菜
（例）米粥		（例）煮小白鳞鱼		（例）蔬菜汤

应用

应用

应用

主食兼配菜	主食兼配菜	主食
（例）鸡肉炒饭 　　　鸡蛋和乌冬面 　　　麦片通心粉等	（例）蔬菜乌冬面 　　　水果面包粥等	（例）米粥 　　　面包粥 　　　吐司等

+　　**+**　　**+**

配菜	主菜	主菜兼配菜
（例）蔬菜沙拉 　　　煮蔬菜 　　　水果	（例）煮鱼 　　　肉丸 　　　煎鸡蛋卷	（例）白鳞鱼蔬菜糊 　　　肉蔬菜 　　　鱼和蔬菜羹

爸爸妈妈小贴士

让宝宝开心地用小手抓着东西来吃吧

　　虽然存在个体差异，很多宝宝还是会从某一个时期开始用小手来抓着食物来吃。为了能够自己用小手抓东西来吃，宝宝要用手抓住自己眼中看到的食物，然后再自己送进小嘴中。在宝宝将要学会的饮食习惯当中，从自己看到食物，到逐渐运用手和口的配合是非常重要的环节。还有最重要的是宝宝通过希望自己抓东西来吃而萌生了"希望自主"这种意识。为了培养孩子的自立意识，只要不会发生危险，尽量不要阻止。最初不能完全吃进嘴里，弄得周围脏兮兮的全都是非常正常的。可以给宝宝准备比较容易抓在手里的饭团，或者吃饭之前把饭桌底下铺上报纸这样比较容易收拾整理。

宝宝用手抓东西吃是很重要的阶段。我们一起努力给宝宝准备容易放进小手里的食物吧！

2

制作基础的断奶食品

5～6个月大的婴儿的断奶食品

根据宝宝的个人情况开始断奶食品

当宝宝可以自己挺直脖子坐起来并且对母乳或者牛奶以外的食物产生浓厚兴趣的时候，就可以开始喂断奶食品咯！实际情况中存在个体差异，我们就用5～6个月左右的宝宝作为一个大概的分界吧！

首先把1天5～6次母乳（牛奶）当中的1次换成断奶食品。我们推荐尽量在上午给宝宝喂断奶食品。如果宝宝稍微吃了点断奶食品就要好好表扬宝宝，因此喂过断奶食品后作为表扬，只要宝宝需要就可以继续喂给符合宝宝口味的母乳或者牛奶。在断奶食品开始1个月左右之后，可以把次数增加到1天2次。

断奶食品&母乳（牛奶）计划比例

6：00	母乳或者牛奶
10：00	断奶食品＋母乳或者牛奶
14：00	母乳或者牛奶
18：00	母乳或者牛奶
20：00	母乳或者牛奶

逐渐习惯

6：00	母乳或者牛奶
10：00	断奶食品＋母乳或者牛奶
14：00	母乳或者牛奶
18：00	断奶食品＋母乳或者牛奶
20：00	母乳或者牛奶

※ 喂过了断奶食品之后如果宝宝还是需要的话，才可以继续给母乳或者牛奶。

初次尝试小菜单

1 可以从煮得软软的白米粥开始
2 也可以尝试可口的蔬菜粥
3 习惯之后逐步尝试煮得嫩嫩的豆腐粥和小白鳞鱼鱼肉泥

从1天1次每次一小勺开始

最初要从每天1次每次一小勺煮得软软的米粥开始。当宝宝逐渐习惯之后，可以逐渐加入煮得软软的蔬菜糊和土豆泥。然后再观察宝宝的适应情况，循序渐进地逐个来挑战煮得嫩嫩的豆腐粥和小白鳞鱼鱼肉泥。

这个时期我们的主要目的是锻炼宝宝吞咽食物。为了能够让宝宝顺利地舔食后吞咽下去，不要把小勺子放入口中那么深。想让宝宝顺利地舔食后吞咽下去，就要将食物的软硬度掌握好，最好要做到将食物做成糊状或者软果冻状。最初阶段可以稍微将宝宝的头向后倾斜一点点来开始喂。

软硬掌握大法 ●●●●●●●●●●●●●●●●●●●●●●●●●●●●●●●●●●●

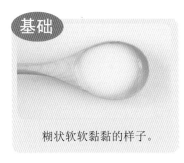

糊状软软黏黏的样子。

米饭：10倍白米粥（参考 P14~15）完全碾碎后经过充分筛过的白米粥。

土豆：煮得软软的、捣得碎碎的、筛过后的土豆泥。

菠菜：菜叶煮软后捣碎并且一定要细细筛过的菠菜糊。

胡萝卜：煮软磨碎后再筛过加水做成的胡萝卜泥。

豆腐：煮软后捣碎再筛过滑滑的豆腐泥。

5~6个月宝宝的断奶食品Q&A

Q： 做给宝宝吃的断奶食品最需要注意的重点是什么？

A： **烹饪器具的清洁至关重要。**
做东西给宝宝吃，最需要注意的地方就是卫生。宝宝的身体机能还没有完全抵御细菌的能力。所以我们给宝宝烹调之前一定要先把手洗干净。另外，烹调时候接触了生肉或者鱼、鸡蛋之后一定要用能够彻底清洁的肥皂等清洗双手。烹调用具、碗盘在使用后也要洗净完全晾干再保存好。

Q： 宝宝如果把刚刚放进口中的食物立刻吐出来怎么办？

A： 我们来讲究一下喂饭的手法技巧吧！刚刚开始断奶食品的时候，宝宝的小舌头还没有完全适应母乳和牛奶以外的味道，所以可能会产生厌恶情绪才把东西吐出来。我们每天很耐心的持续着，一点点来喂，宝宝会逐渐地开始一点点地吃。另外，还有因为食物腻得不够彻底、有残渣或者没有顺利吞咽下去才导致吐出来。不要一次喂好大一口，也不要把小勺子过深地探入宝宝的嘴，如果那样宝宝也会因为不舒服而把食物吐出来的。

Q： 温热的东西应该趁热给宝宝吃么？

A： 我们冲牛奶给宝宝的时候，使用的是不那么烫口的温水，以人体温度为标准的。母乳也是一样和妈妈的体温差不多的温度。也就是说，人体温度是宝宝食品的标准温度。断奶食品也同样的以人体标准来作为判断基准吧。爸爸妈妈们将做好的断奶食品放在自己手腕处，感觉一下温度是否适合。对于宝宝来说过热的食品会造成口腔内的烫伤的，我们一定要注意。

奶香可以引起宝宝食欲
牛奶味道的爽口米糊

材料：10倍水的粥（参照P14~15）
2大勺，调好的牛奶1大勺。

制作方法：
1 将米粥完全碾碎后筛过备用。
2 将1和牛奶放进微波碗当中充分搅
拌，轻轻覆盖上保鲜膜，用微波炉加热
大约20秒钟。
3 揭下保鲜膜后轻轻搅拌均匀。

让宝宝体验面包 + 苹果
面包粥风味苹果糊

材料：切片面包（8片一包）1/8片，
苹果10g，调好的牛奶1大勺。

制作方法：
1 将面包硬皮去掉掰成小块放入微波碗
备用。
2 把苹果擦成苹果泥。
3 将1和2与调和好的牛奶放在一起充分
搅拌，轻轻覆盖上保鲜膜后用微波炉加热
20秒钟。
4 揭下保鲜膜后轻轻搅拌均匀。配合着
断奶食品的进展程度也可以再进一步捣
碎。

充满了纯朴田园蔬菜风味
风味面包汤

材料：餐包式样面包（8片切片）1/8
片，蔬菜汤汁（参照P17）3大勺。

制作方法：
1 去除面包的硬皮部分，掰碎后放入微
波碗内备用。
2 将蔬菜汤汁倒入1，稍微搅拌一下，
轻轻地覆盖上保鲜膜后在微波炉中加热20
秒钟。
3 揭开保鲜膜后充分搅拌一下。可以根
据宝宝对于断奶食品的需求再次进行磨碎
成糊状也可以。

花椰菜切得细细的才会容易做成粥
花椰菜粥

材料：10倍水的粥（参照P14～15）2大勺，花椰菜（鲜嫩的叶子部分）5g。

制作方法：

1 将米粥煮得软软的，进一步磨碎或者过筛备用。

2 将花椰菜也煮得软软的，切成碎末儿后进一步捣碎。

3 将1加入2，充分地搅拌。

让宝宝品尝胡萝卜的自然香甜
胡萝卜粥

材料：10倍水的粥（参照P14～15）2大勺，胡萝卜10g。

制作方法：

1 将米粥煮得软软的，进一步磨碎或者过筛备用。

2 将胡萝卜也煮得软软的，切成碎末儿后进一步捣碎。

3 将1加入2充分地搅拌。

宝宝只爱菠菜鲜嫩的叶片
菠菜豆腐粥

材料：10倍水的粥（参照P14～15）2大勺，菠菜（叶片部分）5g，嫩豆腐5g。

制作方法：

1 将菠菜的嫩叶部分煮地软软的，滤干水分后，捣碎过滤后备用。

2 将米粥和豆腐搅拌均匀后放进微波碗内，轻轻覆盖上保鲜膜加热大约20秒钟。

3 将2放入研磨碗里，碎碎地研磨后腻开。

4 将3放入宝宝的小碗后加入1，一边轻轻搅拌一边慢慢地喂给宝宝吃。

浓浓牛奶味
奶油小白鳞鱼

材料：小白鳞鱼 10g，菠菜（嫩叶部分）5g，调和后的牛奶 1大勺，淀粉1/3小勺，水2/3小勺。

制作方法：
1 将小白鳞鱼煮熟后碎碎地研磨好备用。
2 将菠菜软软地煮过后滤干水分也碎碎地研磨好备用。
3 把调和好的牛奶和1放进小锅里开小火煮开。
4 将淀粉加水调和成为淀粉糊，加入到3当中去，看锅里的情况慢慢调和，一般出现软果冻的样子就可以了。
5 将4盛出后加进去2，一边均匀轻轻地搅拌一边喂给宝宝就可以了。

温馨建议菜单
+主食 10倍水的粥（参照P14～15）
+副菜 苹果胡萝卜泥（参照P31）

让宝宝品尝醇和的豆腐香味
豆腐羹

材料：嫩豆腐20g，蔬菜汤汁（参照P17）1大勺，淀粉 1/3小勺，水 2/3小勺。

制作方法：
1 将豆腐滤干水分后，捣成泥状备用。
2 将蔬菜汤汁和1放进小锅里用小火烧开。
3 用淀粉加水调和成为淀粉糊加入到2当中，慢慢搅拌成为果冻状。用多少淀粉糊要看情况我们自己来掌握。

温馨建议菜单
+ 主食兼副菜 胡萝卜粥（参照P27）

酸甜爽口营养丰富
番茄白鳞鱼鱼肉泥

材料：白鳞鱼10g，番茄10g。

制作方法：
1 煮好白鳞鱼后将鱼肉捣碎成肉泥。
2 番茄过热水焯一下后，去皮去籽再捣成泥状。
3 将1盛在宝宝碗里后上面浇盖上2，一边轻轻搅拌一边喂给宝宝。

温馨建议菜单
+主食兼副菜 花椰菜粥（参照P27）

糯糯的萝卜泥给宝宝不一样的饮食感受
白鳞鱼鱼肉泥

　　材料：白鳞鱼10g，白萝卜5g。

制作方法：
　1 将白鳞鱼煮熟后碾碎成鱼肉泥。
　2 白萝卜擦碎后碾成萝卜泥（不要滤掉水分）。
　3 将1和2放进小锅用小火煮开。

温馨建议菜单
　+主食 牛奶粥（参照P26）
　+配菜 烩蔬菜（参照P30）

白鳞鱼土豆泥完美组合
白鳞鱼土豆泥

　　材料：白鳞鱼10g，土豆10g，蔬菜汤汁（参照P17）1小勺。

制作方法：
　1 白鳞鱼煮熟后将鱼肉捣碎做成鱼肉泥。
　2 土豆煮熟后加入蔬菜汤汁腻开成泥状，加入蔬菜汤汁的量酌情判断。
　3 将1和2混合在一起。

温馨建议菜单
　+主食兼配菜 苹果粥（参照P26）

爽滑豆腐+丰富的蔬菜
挑战绿色豆腐

　　材料：嫩豆腐20g，花椰菜（嫩菜叶部分）10g。

制作方法：
　1 将豆腐放在微波碗里，轻轻覆盖上保鲜膜后在微波炉里加热20秒钟。
　2 将1碾碎后腻成糊状。
　3 花椰菜煮得软软的切碎后捣成碎末儿。
　4 将2盛出后加入3，一边轻轻搅拌一边喂给宝宝吃。

温馨建议菜单
　+主食 10倍水的粥（参照P14～15）
　+配菜 香橙色布丁粥（参照P30）

富含3种蔬菜营养又美味
什锦蔬菜杂烩

材料：胡萝卜5g，卷心菜5g，洋葱5g。

制作方法：

1 把蔬菜切成适当的条状然后煮得软软的。

2 把1切成丝后捣碎成糊状。如果感觉水分不够充足可以适当地加一点汤汁调和一下。

蔬菜汤变身后一样的美味
蔬菜土豆泥

材料：土豆 10g，蔬菜汤（参照P17）1小勺。

制作方法：

1 把土豆煮得软软的，捣碎成土豆泥。

2 把1加入蔬菜汤汁后调和成糊状。对于加多少蔬菜汤，就需要我们酌情处理咯。

又香又甜真美味
香橙色布丁粥

材料：南瓜10g，橙汁1大勺。

制作方法：

1 把南瓜煮得软软的捣碎成泥备用。

2 将橙汁加入1后调和成糊状。橙汁的加入量我们要酌情处理。

爽口胡萝卜+美味苹果汁
苹果胡萝卜糊

　　材料：胡萝卜10g，苹果汁1大勺。

制作方法：
1　把胡萝卜煮得软软的捣碎成胡萝卜泥备用。
2　把苹果汁加到1里面调和成泥。苹果汁的加入量我们要酌情处理哦。

牛奶中混入甜丝丝的甘薯味道
牛奶风味甘薯酱

　　材料：甘薯10g，调和后的牛奶1大勺。

制作方法：
1　将甘薯煮得软软的腻成糊状备用。
2　将牛奶加入1后调和成为牛奶甘薯羹。牛奶的加入量我们要一边调一边观察，酌情处理哦。

豆腐偶尔也会大不相同
菠菜豆腐羹

　　材料：菠菜（只要嫩嫩的叶子）10g，嫩豆腐10g。

制作方法：
1　菠菜煮得软软的，切成丝后捣碎成末儿备用。
2　豆腐煮过，腻成豆腐泥。
3　把1和2混合搅拌在一起。

7~8个月左右宝宝的断奶食品

1天2次尽量规律化的断奶食品可以帮助宝宝调整生活规律

在宝宝开始享受断奶食品大概2个月左右的时候，我们就让宝宝享受美味时间有规律些——1天2次。将时间固定为上午和傍晚，只在固定的时间才给宝宝享受断奶食品，这样对于规律宝宝的整体生活节奏也有帮助。

在此期间，如果断奶食品的量有所增加的话，宝宝可以获得的营养成分也会随之增加。随着吞咽练习的逐渐熟练和进步，我们可以把谷类、蛋白质食品、蔬菜、水果等搭配得营养均衡，让宝宝吃得开心又健康。食品种类的增加不但可以让宝宝的小舌头体验到各种滋味，同时还关系到宝宝是否能够享受到进餐的快乐。在喂过断奶食品之后如果宝宝仍感到需要的话，仍然可以继续给他（她）喂母乳或者牛奶。另外，这一时期，断奶食品要和母乳或者牛奶分开进食。

1 餐的大约进食量

I	谷类(g)	全粥50~80
II	蔬菜、水果类(g)	20~30
III	鱼(g)	10~15
	或者肉(g)	10~15
	或者豆腐(g)	30~40
	或者鸡蛋	蛋黄1个或1/3个
	或者乳制品(g)	50~70

断奶食品与母乳或者牛奶的比例

6：00	母乳或者牛奶
10：00	断奶食品+母乳或者牛奶
14：00	母乳或者牛奶
18：00	断奶食品+母乳或者牛奶
20：00	母乳或者牛奶

※ 宝宝吃了断奶食品之后，只有在他（她）还要求吃母乳或者断奶食品的情况下才能再喂。

※ 第2次的断奶食品是第一次给的一半左右的量，然后逐渐增加比较容易被宝宝接受。

宝宝的小舌头和上颚可以轻松地把食物舔碎吸收

这个时候的宝宝已经可以轻松地上下活动自己的小舌头了。由于舌头和上颚之间摩擦的力量足够舔碎并且消耗掉食物，因此我们可以将切得很碎很细的食物逐渐地添加进宝宝的菜单。食物的软硬程度以嫩豆腐的软硬程度作为大致参考标准。如果太硬了，宝宝不能完全的用小舌头舔碎吸收会导致囫囵吞枣的哦。

慢慢地学会了该怎样用舌头"消灭"食物，宝宝就会逐渐地学会吞咽。食物没有太多水分宝宝就会容易吞咽困难。因此这个时候爸爸妈妈们最应该注意的是，如何调制出让宝宝喜爱又容易吃掉的软果冻以及羹汤。

软硬程度 ●●

基础

可以用舌头轻轻碰一下就可以碎了的豆腐。

7倍水的粥（参照P14～15），在宝宝习惯之前可以在粥的基础上再捣碎一遍。

土豆煮得软软的然后切成3～4mm的小块。

菠菜把嫩叶部分煮软后切成碎碎的末儿。

胡萝卜煮得软软的然后切成3～4mm的小块。

豆腐煮得软软的切成4～5mm的小块。

7～8个月宝宝的断奶食品Q&A

Q： 宝宝好像很讨厌吃那些切成碎末儿的蔬菜怎么办？

A： **一定不要勉强宝宝要耐心的循序渐进。**

确实有些宝宝，只要食物的块儿稍微大一点或者略为硬一点，小舌头以及吞咽时候喉咙觉得不舒服马上就会把东西吐出来。这个时候一定不要勉强甚至强迫喂食。我们首先尝试把宝宝爱吃的东西改变大小形状和软硬度，让宝宝在不知不觉中习惯。另外，千万不要一下子就完全按照推荐菜单把食物的形状和软硬度都改变。尽量做到一点点地把糊状的羹和粥逐渐变成软豆腐程度。

Q： 在宝宝的便便中可以看到蔬菜的残渣，是不是应该把蔬菜捣得更碎一些？

A： **如果宝宝没有出现腹泻症状就不要过度担心。**

在粪便中混有蔬菜纤维比较多的蔬菜残渣是正常现象，即使成年人也会发生这种现象，对于消化系统还不算完善的宝宝来说就更加是理所当然咯。只要没有腹泻等让人担心的症状，宝宝的精神状态也很好的话就不用特别担心。当然也没有必要为此改变断奶食品的大小和软硬程度。随着宝宝的逐步成长，孩子的消化系统也会逐渐地完善，这种现象自然而然就会消失的。

Q： 1天吃2次断奶食品之后宝宝的食量明显减小了。

A： **逐渐变换各种新鲜的食品并且把两次断奶食品的间隔拉开。**

习惯了断奶食品后，宝宝的味蕾逐渐会对味道挑剔咯，所以这个时候会发生食欲下降。不要把给宝宝的食物弄得太单一，要观察孩子的情况并且随之逐渐更换新鲜味道食物。还有一定要把断奶食品的2次间隔拉开。如果间隔时间不够长，宝宝的肚子根本不饿当然就不会吃东西咯。断奶食品的开饭时间定在上午和傍晚是最理想的。

切碎了的鸡肉更是美味香喷喷
鸡肉粥

材料：7倍水的粥3大勺，鸡胸脯肉5g，胡萝卜5g，长葱5g，香菇5g，汤汁（参照P16）1/4杯。

制作方法：
1 去除鸡胸脯肉的筋之后切成肉末儿。
2 胡萝卜、长葱、香菇都切成碎末儿。
3 将2和汤汁放在小锅里面开小火煮，胡萝卜完全变软之后把1加进去。
4 当鸡肉完全煮熟了后，缓缓地搅拌整锅鸡肉粥。

只是鸡蛋黄一样超级美味
蛋黄乌冬面

材料：煮乌冬面30g，菠菜（只要嫩叶部分）10g，鸡蛋黄 1/2，汤汁（参照P16）1/2杯。

制作方法：
1 煮好的乌冬面切成小段儿。
2 菠菜煮得软软的切成末儿。
3 将汤汁和1放进小锅里，用小火煮到乌冬面完全软下来。
4 加入2将搅拌后的鸡蛋黄均匀地撒到锅里。当蛋黄完全被煮熟的时候就可以了。

浸透着蔬菜香味的面包羹
蔬菜面包羹

材料：餐包面包（切片8片装）1/3片，卷心菜10g，蔬菜汤汁（参照P17）1/2杯，胡萝卜5g，洋葱5g。

制作方法：
1 卷心菜、洋葱、胡萝卜都切成长5~6mm、宽2~3mm的丝。
2 去除了硬皮的面包掰成小块。
3 将蔬菜汤汁和1放进小锅里，用小火来煮，直到胡萝卜煮软为止。如果看上去水分不够充分，可以在蔬菜汤汁里面稍微加一点水也可以。
4 把2加入到3里面，煮到面包完全柔软就可以了。

南瓜与传统风味结合
传统风味面

材料：煮乌冬面（扁面条）30g，南瓜5g，胡萝卜5g，汤汁（参照P16）1/2杯。

制作方法：

1 煮乌冬面切成粗断儿备用。

2 将南瓜和胡萝卜切成长5～6mm、宽2～3mm左右的丝备用。

3 把1和汤汁放到小锅里面去煮，蔬菜煮软之后加入1，继续煮一直煮到乌冬面变柔软就可以了。

香喷喷橙色美味胡萝卜
清淡小白鳞鱼粥

材料：7倍水的粥（参照P14～15）3大勺，小白鳞鱼干1小勺，胡萝卜5g，汤汁（参考P16）1/4杯。

制作方法：

1 将小白鳞鱼干放在开水里，稍微去掉一些盐分，切成碎末儿备用。

2 把胡萝卜研磨碾碎成泥状。

3 将汤汁和米粥放进小锅里，加入2开小火煮，煮到收了一部分汤汁为止。

4 将3盛到宝宝的小碗里，然后加入1一边搅拌一边可以给宝宝开饭咯。

面食大胃王宝宝最爱的
宝宝迷你意大利面

材料：意大利面条（细条）3根，番茄5g，洋葱3g，胡萝卜2g，蔬菜汤（参照P17）1/3杯。

制作方法：

1 将番茄用开水焯过后去掉籽，切块备用。

2 洋葱和胡萝卜都切成碎末儿备用。

3 把意大利面条煮得软软的之后也切成碎末儿备用。

4 把蔬菜汤和2放进小锅里面用小火煮。胡萝卜变得软软的之后，加入1、3煮开就可以了。

入口即融化
鸡肉茸煮面筋

材料：面筋2g，鸡肉茸10g，汤汁（参照P16）1/4 杯。

制作方法：

1 用温水把面筋泡开。

2 把鸡肉和汤汁放进小锅里面，一面调和肉茸一面用小火煮。

3 当鸡肉茸煮熟后，我们要把挤净了水分的1切成小块加来，继续用小火煮，煮开即可。

温馨建议菜单
+主食兼配菜 蔬菜面包粥（参照P34）

充满胡萝卜素的保健大餐
小白鳞鱼煮胡萝卜

材料：白鳞鱼15g，胡萝卜10g，汤汁（参照P16）3大勺。

制作方法：

1 把胡萝卜擦成泥备用。

2 将汤汁和1放入小锅，开小火煮直到把胡萝卜煮软为止。

3 加入小白鳞鱼后，腻开鱼肉用小火煮，直到鱼肉煮熟为止。

温馨建议菜单
+主食 7倍水的粥（参照P14～15）
+配菜 南瓜羹（参照P38）

挑战加入油的味道
豆腐炒鸡蛋

材料：蛋黄1/2个，嫩豆腐10g，扁豆荚 3g，胡萝卜3g，色拉油少许。

制作方法：

1 将嫩豆腐切成大概5mm左右的小块儿备用。

2 将胡萝卜和扁豆荚煮软后，切成碎末儿备用。

3 在干净的碗里把蛋黄搅拌均匀后加入1和2搅拌好备用。

4 在平底锅里倒入少许的色拉油加热后，把3倒入一边翻转一边炒至鸡蛋完全熟透即可。

温馨建议菜单
+主食兼配菜 传统风味乌冬面（参照P35）

色彩明快黄白相间的
Mimosa沙拉

材料：煮熟的蛋黄1/2个，土豆15g，花椰菜（只要嫩嫩的菜叶）5g。

制作方法：

1 将土豆煮得软软的，用叉子碾成土豆泥备用。

2 将花椰菜也煮得软软的，切成碎末儿备用。

3 将1和2都盛到碗里，搅拌均匀后上面盖上蛋黄末儿。

温馨建议菜单
+主食兼配菜 宝宝迷你意大利面（参照P35）

嫩滑美味吃不停
白鳞鱼煮花椰菜

材料:白鳞鱼15g，花椰菜（嫩叶部分）15g，蔬菜汁（参照P17），淀粉1/3小勺，水2/3小勺。

制作方法：

1 将花椰菜和蔬菜汤放进小锅里面开小火煮，至沸腾后加入白鳞鱼。

2 轻轻将鱼肉腻开，煮到鱼肉完全煮熟为止。

3 将淀粉加水调成淀粉糊之后加入2，轻轻搅拌成软果冻状。淀粉的分量多少要看情况酌情来调节。

温馨建议菜单
+主食 7倍水分的米粥（参照P14～15）
+配菜 茄子糊（参照P38）

"菠菜出飞沫儿就先处理掉！"
鸡胸脯肉煨菠菜

材料：鸡胸脯肉15g，菠菜（嫩叶部分）10g，蔬菜汤汁（参照P17）1/4杯，淀粉1/3小勺，水2/3小勺。

制作方法：

1 去掉鸡胸脯肉的肉筋，切成碎末儿备用。

2 菠菜煮熟后切成碎末儿备用。

3 将蔬菜汤汁和1倒入小锅里面开小火煮，一边搅拌一边把肉煮熟。

4 当鸡肉完全熟了以后加入2烧开。

5 将淀粉加水调成淀粉糊之后，加入4轻轻搅拌成到整锅成为羹状。淀粉的分量多少要看情况酌情来调节。

温馨建议菜单
+主食 面包糊（参照P17）
+配菜 胡萝卜麦片糊（参照P38）

加进来嫩滑酸奶更加美味
南瓜羹

材料：南瓜15g，酸奶1小勺。

制作方法：

1　把南瓜煮软后用叉子背面碾碎
腻开备用。

2　加入酸牛奶之后充分搅拌。

醇和的汤汁煮得入口即化
茄子羹

材料：茄子15g，汤汁（参照
P16）1/4杯。

制作方法：

1　茄子去皮后切成碎末儿备用。

2　将婴儿高汤和1放进小锅里煮到
茄子全熟并且软软的即可。

喧腾腾的麦片格外诱人
胡萝卜麦片糊

材料：胡萝卜10g，麦片1小勺，
蔬菜汤汁（参照P17）1/4杯。

制作方法：

1　胡萝卜擦成碎末备用。

2　将蔬菜汤汁和1以及麦片也放进
小锅用小火慢炖直到食物都软软的
为止。

3　关火后稍微焖3~4分钟。

甘薯与苹果的兄弟组合
甘薯配苹果

材料：甘薯30g，苹果15g。

制作方法：
1 将甘薯煮得软软的捣碎成泥备用。
2 苹果擦成苹果糊。
3 将1和2都盛到宝宝的碗里一边搅拌一边喂给宝宝就可以咯。

卷心菜不要硬芯和菜筋哦
卷心菜鸡肉茸

材料：卷心菜（只要嫩嫩的菜叶）10g，鸡胸脯肉5g，蔬菜汤汁（参照P17）1/4杯，淀粉1/3小勺，水2/3小勺。

制作方法：
1 卷心菜切成碎末儿备用。
2 鸡胸脯肉去掉肉筋，切成肉末儿备用。
3 将蔬菜汤汁和1、2放进小锅里面，开小火将鸡肉煮熟、卷心菜的菜叶煮软。
4 淀粉加水调和之后加入3里面不断搅拌，让小锅里面呈现软果冻一般的稠。视情况酌情调整淀粉的量。

春风化雨一般的粉丝
迷你白菜小火锅

材料：白菜（只要嫩叶部分）10g，长葱5g，蔬菜汤汁（参照P17）1/2杯，香菇5g，粉丝（干）3g。

制作方法：
1 将白菜、长葱、香菇都切成碎末儿备用。
2 粉丝放在热水里面浸泡大概2～3分钟后捞出浸入冷水（粉丝种类各异因此请按照食用说明操作）。控干水分之后切成碎末儿备用。
3 将蔬菜汤汁和1放进小锅里用小火煨直到蔬菜变得软软的。加入2煮开即可。

9～11个月宝宝的断奶食品

1天吃3次，母乳或者牛奶的分量自然会减下来咯

　　宝宝吃豆腐软硬的东西逐渐习惯了，可以顺利地吞咽，那么我们就再加一餐，断奶食品变成1日3次。这个可是宝宝养成1日3餐规律生活节奏很重要的一步，因此，我们要尽量控制好这个时间，避免清晨以及深夜给宝宝吃，另外还要把每一顿断奶食品之间的时间控制在3～4小时是最理想的。即使这样，如果吃过了断奶食品之后宝宝还是想要母乳或者牛奶，依然可以继续喂给孩子，但是因为断奶食品的量增加了上来，所以母乳或者牛奶的摄入量自然就会减下来咯。

　　还有一部分宝宝比较心急，这个时候就开始用手抓东西吃了。这个可是孩子适应自己吃饭的好开始，不要总是阻止孩子自己动手。相反我们要尽量给宝宝准备自己抓着吃也很容易吃到的新菜单。

1 餐大概的分量

I	谷类(g)	全粥类90～软饭80
II	蔬菜、水果(g)	30～40
III	鱼(g) 或者肉(g) 或者豆腐(g) 或者鸡蛋 或者乳制品(g)	15 15 45 1/2个鸡蛋 80

断奶食品与母乳或牛奶的时间比例

6：00	牛奶或者母乳
10：00	断奶食品+母乳或者牛奶
14：00	断奶食品+母乳或者牛奶
18：00	断奶食品+母乳或者牛奶
20：00	母乳或者牛奶

　※　给宝宝喂过断奶食品之后只有在宝宝还需要的情况下才可以再喂食母乳或者牛奶。

　※　第3次断奶食品最晚也不要超过晚上19点以后喂给宝宝。

稍微有点硬度的食物可以用牙龈练习咬碎

　　现在这个阶段的宝宝，小舌头也可以左右活动了。因此不仅仅是舌头上下活动，可以借助上颚把食物舔碎了，现在宝宝还可以利用小舌头把食物运到左右的牙龈上来练习咬碎食物。因此这个时候食物的软硬程度可以掌握在香蕉的软硬左右。食物的切块儿可以比之前稍微大一点点。

　　出生9个月左右的宝宝容易缺铁。我们的新菜单要针对这个加进来红色的鱼肉以及动物的肝脏。之前用的是调和牛奶，现在可以改成婴幼儿专用牛奶。另外这个时候宝宝的营养以及身体能量来源大概2/3来自断奶食品，所以我们要充分地考虑到营养摄取的均衡性，来给宝宝做个新菜单吧！

大致的软硬程度 ●●●●●●●●●●●●●●●●●●●●●●●●●

用手指能轻轻碾碎的香蕉一般软硬程度即可。

米饭：5倍水的软米饭（参照P14~15）。

土豆：煮到可以用手指轻轻碾碎的软硬后，切成5~6mm左右的小块儿。

菠菜：菠菜叶子煮得软软的，切成小碎末儿。

胡萝卜：煮到可以用手指轻轻碾碎的软硬后，切成5~6mm左右的小块儿。

豆腐：煮过之后切成7~8mm小块儿。

9~11个月左右宝宝关于断奶食品的Q&A

Q： 宝宝对于食物不怎么耐心地咀嚼而是直接囫囵吞枣怎么办？

A： 这样的话只有我们来将食物调整适合宝宝吞咽的程度的软硬。食物如果太过于软面，宝宝就会疏于咀嚼直接吞咽。相反如果太硬，宝宝还是会因为难以咀嚼嚼碎而直接吞咽。如果我们发现宝宝好像咀嚼的不太够的话，就要开始用心调整食物的软硬度咯。还有，或许有可能是爸爸妈妈们喂饭的速度太快了，宝宝来不及充分咀嚼就吞下去了。总之，我们要一切按照宝宝的节奏和步伐，循序渐进的来给孩子喂饭。

Q： 是不是还需要给宝宝吃补充性奶粉？

A： 补充性奶粉是准备给需要特别补充铁、维生素、断奶期的幼儿使用的。如果我们的断奶食品进程进展顺利的话，再稍微喂一点母乳或者牛奶就可以了。当断奶食品的进程不怎么顺利、宝宝的身体状况需要补充铁以及维生素的时候，可以给孩子适当增加补充性奶粉。如果要添加的话，建议在宝宝出生9个月之后。

Q： 对于宝宝偏食甚至挑食的习惯是不是应该立刻进行纠正？

A： 我们最好还是先来调整食物的大小、软硬以及烹饪的方法。处在断奶期当中的宝宝如果食物的软硬大小不合适的话，当然会发生讨厌进食的情况。因此，当宝宝对于某种食物1次拒绝时候，我们不要急着下结论说宝宝"讨厌这个"、"不喜欢那个"而是稍微隔一段时间换一种做法，调整一下食物的软硬大小，再给宝宝吃一下试看。硬要让宝宝吃或者一边呵斥着一边喂饭都会起到反效果的哦。

糯软可口香喷喷
婴儿盖浇饭

　　材料：5倍水的粥（参照P14～15）50g，胡萝
卜5g，扁豆5g，猪腿肉（剔除脂肪后）10g，汤汁
（参照P16）1/4杯，酱油少许，淀粉 1/3小勺，水
2/3小勺。

制作方法：
1　胡萝卜煮好后切成5～6mm小块儿备用。
2　扁豆煮好后切成5～6mm小块儿备用。
3　猪肉切成肉末儿备用。
4　将1～3都放进小锅里面，用小火煮到胡萝卜变得
软软的为止。用少许酱油来调味。
5　用淀粉和水调和成淀粉糊，加入4里面搅拌成软
果冻状。淀粉糊的分量视情况酌情处理。
6　将粥盛在宝宝的碗里，上面浇上5就可以咯。

浓郁味道的低热量干酪风情
沙拉意大利面

　　材料：意大利面（细条的）3根，番茄
5g，扁豆荚5g，低热量干酪1大勺，胡萝卜
5g。

制作方法：
1　将意大利面条煮得软软的然后切成碎末
儿备用。
2　番茄用开水焯一下之后去掉籽儿切成
5～6mm的小块儿备用。
3　扁豆荚去除掉筋络。将扁豆荚和胡萝卜
煮软后切成5～6mm左右的小块儿备用。
4　将1～3上面洒上低热量干酪。

蔬菜多多真美味
黄油炒面

　　材料：干炒面（干面）20g，胡萝卜5g，卷心
菜(只要嫩嫩的菜叶)5g，洋葱 5g，猪腿肉10g，
水 1大勺，色拉油、酱油少许。

制作方法：
1　将炒面掰断成2cm左右的段放进热水里面
煮。煮好后放在笊篱里面滤干净水分备用。
2　将胡萝卜、卷心菜、洋葱切成碎末儿备用。
3　平底锅里面放少许的色拉油加热后，将猪腿
肉和2放进去翻炒，加一点水之后继续炒熟。
4　加入1之后搅拌均匀着酱油调味。

牛奶和鸡蛋快乐无法抵挡
煎鸡蛋饼

材料：餐包式样面包（8片切片）1片，牛奶1大勺，调好的鸡蛋1/4，少许砂糖和黄油。

制作方法：
1 将面包的硬皮去掉切成3段备用。
2 将牛奶、鸡蛋以及砂糖都放在小碗里调和均匀。
3 将平底锅里放入黄油后加热，将1浸满2后放入平底锅内。用小火将两面都煎至金黄后即可。

巧补维生素C——萝卜缨儿
萝卜羹

材料：5倍水的粥50g，白萝卜10g，白萝卜叶（只要嫩叶那部分）3g，小白鳞鱼干1小勺。

制作方法：
1 将白萝卜和萝卜叶儿煮得软软的然后切成碎末儿备用。
2 小白鳞鱼干用热水焯一下去掉部分盐分之后切成碎末儿备用。
3 将1、2放在粥里面搅拌均匀即可。

巧用心思支持宝宝自己动手吃饭
吞拿鱼土豆三文治

材料：餐包面包（12片切片）1片，土豆5g，吞拿鱼罐头1小勺，低热量干酪1小勺。

制作方法：
1 将面包的硬皮去掉之后分成2半备用。
2 土豆也要煮得软软的，用叉子腻碎成土豆泥备用。
3 吞拿鱼去掉罐头汁，如果有稍微大的块儿就用叉子碾碎备用。
4 将2和3与低热量干酪调和在一起。
5 将4加在面包当中之后，切成2半即可。

喧软鸡胸肉原汁原味
婴儿麻婆豆腐

材料：嫩豆腐40g，鸡肉馅儿15g，长葱2g，高汤（参照P16）1/4杯，少许酱油，淀粉1/3小勺，水2/3小勺。

制作方法：

1 将豆腐切成1cm左右的小块儿，长葱切成碎末儿备用。

2 将鸡肉馅儿和高汤放入小锅里面，再把1当中的葱末儿也放进去，一边将鸡肉馅儿拌一边煮。

3 当鸡肉完全的煮熟后，加入1当中的豆腐，继续用小火来煨并且用少许酱油调味。

4 淀粉加水调和成软果冻样子的淀粉糊，放到3当中通过搅拌让锅里变成羹。淀粉糊的分量视情况酌情处理。

温馨建议菜单
+主食　5倍水的粥（参照P14～15）/
+配菜　煮什锦（参照P47）

微波出炉喷喷香
婴儿麻婆豆腐羹

材料：嫩豆腐40g，菠菜（只要嫩叶部分）10g，调制搅拌好的鸡蛋1/2个，牛奶1/2小勺。

制作方法：

1 将豆腐切成大约1cm左右的小块儿备用。

2 将菠菜煮得软软的切成稍微宽一点的碎末儿备用。

3 将2放入盛放着牛奶和调制搅拌好的鸡蛋的碗里充分搅拌。

4 将1摆放在有一定深度的微波碗里然后把3浇盖上面。

5 轻轻地覆盖上保鲜膜之后，用微波炉加热大概1分钟左右。直到鸡蛋完全熟了为止。

温馨建议菜单
+主食　5倍水的粥（参照P14～15）
+配菜　芜菁肉松（参照P47）

清香爽口
蘑菇烩鲑鱼

材料：生鲑鱼15g，香菇5g，口蘑5g，高汤（参照P16）1/4杯，淀粉1/3小勺，水2/3小勺。

制作方法：

1 将鲑鱼煮熟后捣碎备用。

2 香菇、口蘑要切成小碎块儿备用。

3 将高汤和2放进小锅里煮到蘑菇变软为止。

4 淀粉加水调和成如同软果冻一样的淀粉糊，放到3里面通过搅拌将锅里变成羹。淀粉糊的分量视情况酌情处理。

5 将1盛到宝宝的碗里上面浇上4即可。

温馨建议菜单
+主食兼配菜　萝卜羹（参照P43）

婴儿专用的可爱迷你小馄饨

馄饨

材料：猪肉绞馅儿5g，馄饨皮1片，白菜（只要嫩叶部分）5g，香菇5g，水2/3杯。

制作方法：

1 将白菜和香菇切成块儿备用。

2 馄饨皮横竖各切一刀备用。

3 将猪肉绞馅儿分成4等分用2当中备好的馄饨皮分别包裹成三角形备用。

4 将1和水加入小锅后煮开。煮到蔬菜变软之后加入3，直到馅儿里的猪肉煮熟为止。

温馨建议菜单
+主食兼配菜 婴儿盖浇饭（参照P42）

牛奶香味四溢

鸡肉煮什锦

材料：鸡胸肉20g，土豆10g，胡萝卜10g，洋葱10g，花椰菜（只要鲜嫩的穗尖部分）5g，蔬菜汤汁（参照P17）1/4杯，牛奶1/4杯，淀粉1/3小勺，水2/3小勺。

制作方法：

1 将鸡胸肉切成大约5～6mm左右的小块儿备用。

2 土豆、胡萝卜、洋葱都切成5～6mm的小块儿备用。

3 将花椰菜按照其他蔬菜比例切成差不多大小的块儿备用。

4 将蔬菜汤汁和2放进小锅里面开火煮。直到蔬菜完全都变软之后加入1和3煮至鸡肉熟了为止。

5 加入牛奶之后再煮开。

6 淀粉加水调和成如同软果冻一样的淀粉糊，放到5里面通过搅拌将锅里变成羹。淀粉糊的分量视情况酌情处理。

温馨建议菜单
+主食餐包面包

挑战牛肉寿喜烧风味

风味煮

材料：切成了薄片的牛肉（剔除了脂肪部分）15g，洋葱20g，面筋1块，高汤（参照P16）1/4杯，酱油少许。

制作方法：

1 将牛肉切成5～6mm的小块儿备用。

2 将洋葱切成块儿备用。

3 将面筋用温水泡开。

4 将高汤和2放进小锅里面煮，洋葱煮得变软之后加入1继续煮，直到牛肉熟了为止。

5 滤干水分的面筋切成4等分之后加入到锅里煮开。

6 用少许酱油调味。

温馨建议菜单
+主食 5倍水分的米粥（参照P14～15）
+配菜 小油菜煮吞拿鱼（参照P46）

甘薯馅泥的甜味满口香
甘薯饼

材料：甘薯25g，洋葱5g，胡萝卜5g，鸡肉馅儿5g，小麦粉、色拉油各少许。

制作方法：
1 将甘薯煮得软软的然后捣碎成泥状备用。
2 胡萝卜和洋葱都切成碎末儿备用。
3 将鸡肉馅儿和2煮熟，用小笊篱控干水分备用。
4 将2和3混入1当中，捏成小圆形备用。
5 在平底锅里放少许色拉油烧热之后将4薄薄地沾上小麦粉后两面煎熟即可。

小·油菜飞沫·少速成直接炖
小油菜炖吞拿鱼

材料：小油菜（只要嫩叶部分）10g，吞拿鱼罐头1大勺，高汤（参照P16）。

制作方法：
1 将小油菜切成块儿备用。
2 控干吞拿鱼罐头汁，如果块比较大可以用小叉子切开备用。
3 将高汤在小锅里面煮开后加入1和2煮到小油菜变软即可。

蔬菜猪肉聚会咯
浓汤煲

材料：洋葱10g，胡萝卜10g，土豆10g，卷心菜（只要嫩叶部分）10g，猪腿肉切薄片（剔除脂肪部分）15g，水2/3杯。

制作方法：
1 洋葱、胡萝卜、土豆、卷心菜统统切成5～6mm小块儿备用。
2 猪肉切成5～6mm左右小块儿备用。
3 将小锅里加水和1开始炖，直到蔬菜变软之后加入2，炖到猪肉完全熟了即可。

蔬菜新鲜分量足
煮什锦

材料：番茄5g，洋葱5g，胡萝卜5g，彩椒5g，水1/2杯，油少许。

制作方法：
1 将番茄、洋葱、胡萝卜和彩椒都切成大约5mm的小块儿备用。
2 将少许油倒入小锅里烧热之后将1倒入锅里翻炒。
3 直接加水煮到蔬菜变软即可。

鸡肉香入口齿颊留香
芜菁肉松羹

材料：芜菁1/2个，鸡胸脯肉10g，高汤（参照P16）2/3杯，淀粉1/3小勺，水2/3小勺。

制作方法：
1 将芜菁切成大约5mm的小块儿备用。
2 鸡肉剔除肉筋后切成碎末儿备用。
3 将高汤放入小锅里加入1煮到芜菁变软为止。
4 加入2将鸡肉煮熟为止。
5 淀粉加水调和成如同软果冻一样的淀粉糊，放到4里面通过搅拌将锅里变成羹。淀粉糊的分量视情况酌情处理。

体验糯糯的新鲜口感
土豆饼

材料：土豆50g，牛腿肉薄切片（剔除脂肪部分）10g，荷兰芹、色拉油各少许。

制作方法：
1 牛肉煮软切成碎末儿备用。
2 荷兰芹切成碎末儿备用。
3 土豆碾碎后加入1、2充分搅拌。
4 在平底锅里将油加热后，将3放进去两面煎熟即可。

1岁~1岁半左右宝宝的断奶食品

固定早午晚1日3餐的生活规律

当宝宝能够完全适应了使用牙龈咀嚼香蕉软硬的食物的时候，我们就可以让食物的软硬和大小进入下一个崭新的阶段了。用餐也可以固定在1天3次。每个家庭都有各自的生活节奏，我们可以根据各自的节奏来安排宝宝的用餐时间逐渐贴近成年人的用餐时间。第3次的断奶食品最晚也要在19点之前进行是最理想的。

另外因为宝宝的胃口还小，不要一次给宝宝吃太多的东西。因此除了正餐以外还可以另外安排1~2次左右的其他零食。

断奶食品与母乳或牛奶的时间比例

8：00	断奶食品
12：00	断奶食品
15：00	零食点心
18：00	断奶食品
20：00	母乳或者牛奶

※ 断奶食品之后最好不要给宝宝喂食母乳或者牛奶。

※ 第3次的断奶食品最好不要超过19：00。

让宝宝从手抓食品过渡到用小勺子

这个时候宝宝的小舌头和下巴的运动状态已经开始接近成年人了。但是在门牙长出来之前，小家伙一直会用后面的牙龈来咀嚼食物然后吞咽，因此我们所要准备的食物大小以及软硬要接近肉丸儿那样就差不多了。当宝宝的门牙长出来之后，稍微大一点点的食物孩子也可以咬碎咀嚼了。"我要自己吃饭"这个意识逐渐加强的宝宝用手抓食品的动作也来越熟练准确了。我们可以根据宝宝的情况把小勺子交给孩子，让宝宝来逐步练习自己用勺子吃东西。当宝宝可以用门牙咬碎东西并且用后面的牙龈咀嚼、顺利吞咽时候，孩子所需要的营养素和身体成长所需要的各种能源就都要通过断奶食品来提供了，这个时候断奶期也就随之顺利结束了。

1 餐大概包含的食品量

I	谷类(g)	软饭90~米饭80
II	蔬菜水果(g)	40~50
III	鱼(g) 或者肉(g) 或者豆腐(g) 或者鸡蛋 或者乳制品(g)	15~20 15~20 50~55 鸡蛋1/2~2/3个 100

软硬程度 ●●●●●●●●●●●●●●●●●●●●●●●●●●●●●●●●●

基础

可以用牙龈咀嚼的肉丸子左右的软硬。

米饭：软饭（参照P14～15）米饭。

土豆：可以用叉子轻松切开的软硬程度，切成7～8mm的小块儿。

菠菜：将菜叶和根茎部分煮软，切成5mm宽的小块儿。

胡萝卜：可以用叉子轻易切开的软硬程度，切断成7～8mm的小块儿。

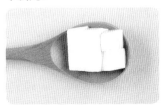

豆腐：煮过切成1cm左右的小块儿。

1岁～1岁半宝宝 断奶食品Q&A

Q： 宝宝不能集中精神吃饭该怎么办？

A： 让我们来把宝宝进餐和游戏的房间分开来吧！宝宝确实存在开心地玩起来之后就不能集中精神吃饭这样的情况。首先，我们推荐把宝宝进餐和游戏的房间空间分开。宝宝玩了一阵子之后，我们招呼孩子"吃饭咯"，然后把孩子带到不能看到玩具的其他地方进餐。即使宝宝吃得很没有吃相或者不够整洁，也绝对不能呵斥。如果在用餐的地方被呵斥了的话，宝宝会产生排斥这个地方的心理。另外，如果餐前给宝宝吃了过多的零食，或者孩子没有玩够，再或者根本肚子就不饿的话，孩子吃饭的精神就不会集中。我们要调整好孩子的生活和饮食的规律，让孩子感到饥饿的时候刚好可以进餐。

Q： 成年人（家长）的晚餐每天都是21：00以后，宝宝可以一起在这个时间进餐么？

A： 我们比较推荐最晚也尽量在晚上19：00之前让宝宝吃饭。

让宝宝体验全家人围坐餐桌的气氛是可以让孩子感受饮食愉快感的绝好机会。但是即使如此我们依然推荐宝宝的晚餐最晚不要超过晚上19：00。晚饭时间太晚的话，就寝时间也会随之延迟。其结果是早晨不能按时起床，早餐也会因此受影响。如此一来会让宝宝的生活陷入恶性循环。因此，要优先考虑宝宝的生活作息规律，那么还是在每天的早餐或者周末的时候再来让宝宝体验全家围坐的乐趣吧。

Q： 为什么宝宝完全没有想要自己吃东西的欲望呢？

A： 先让宝宝来尝试着用手抓条儿状的食物吃吃看好了。

宝宝不会一下子就可以用勺子或者叉子来吃东西的。首先，我们要让宝宝通过"用手抓来吃"去逐步体验可以拿着食物、可以自己送进嘴里等过程。如果因为宝宝自己抓东西吃会把衣服以及周围的东西弄脏等原因，爸爸妈妈就阻止宝宝自己动手的话，宝宝"自己吃"的意识就无法被培养起来。因此综上理由，我们还是让宝宝开开心心的自己抓来吃。

色彩鲜艳赏心·悦目
鲑鱼炒饭

材料：软饭（参照P14～15）70g，腌制鲑鱼20g，扁豆10g，调和搅拌好的鸡蛋1/3个，色拉油、酱油各少许。

制作方法：
1 腌制鲑鱼煮过之后切成块儿备用。
2 扁豆煮过之后切成块儿备用。
3 在平底锅里把油烧热之后放入鸡蛋轻轻翻炒，随后加入1和2继续翻炒。
4 待食物完全都炒好之后放入软饭继续翻炒，加入少许酱油调味。

好吃不腻大份儿盖浇饭
麻婆盖浇饭

材料：软饭（参照P14～15）70g，嫩豆腐30g，鸡肉馅儿10g，胡萝卜5g，扁豆5g，高汤（参照P16）1/4杯，酱油少许，淀粉1/3小勺，水2/3小勺。

制作方法：
1 胡萝卜和扁豆煮软后切成小块儿备用。
2 豆腐切成1cm左右的小块儿备用。
3 将高汤和1放入小锅里加入鸡肉煮熟。
4 鸡肉完全煮熟并且蔬菜也煮软之后，可以加入2继续煮开，用酱油调味。
5 淀粉加水调和成如同软果冻一样的淀粉糊，放到4里面通过搅拌将锅里变成羹。淀粉糊的分量视情况酌情处理。
6 将软饭放在宝宝的小碗里之后在上面浇上5即可。

制作方法：
1 将意大利面掰成大概4cm左右的长短，煮得软软的备用。
2 将番茄浸在热水里取出籽儿切成块儿备用。
3 洋葱切成碎末儿备用。
4 吞拿鱼控干罐头汁，如果有大块的话用叉子切开。
5 在平底锅里放入色拉油烧热之后翻炒洋葱，洋葱炒好之后加入2和4继续翻炒。
6 将1加入搅拌均匀。
7 盛在宝宝的盘子里之后撒上芝士粉即可。

番茄风情难以抵挡
吞拿鱼番茄意大利面

材料：意大利面（细面）12根，番茄20g，洋葱5g，吞拿鱼罐头20g，色拉油少许，芝士粉少许。

奶油色拉酱风味

土豆沙拉三文治

材料：餐包面包（12片切片）2片，土豆30g，胡萝卜5g，扁豆5g，奶油沙拉酱1/3小勺。

制作方法：
1 将面包的硬皮去除后备用。
2 土豆煮软后擦成土豆泥备用。
3 胡萝卜、扁豆煮软后切成碎末儿备用。
4 将2加入3和奶油沙拉酱里面调和搅拌。
5 将4夹进面包里面，然后切成适合宝宝吃的小块儿。

酱油香味飘满屋

炒乌冬面

材料：煮乌冬面40g，胡萝卜5g，卷心菜5g，洋葱5g，猪腿肉切薄片（剔除脂肪部分）20g，酱油少许，色拉油少许。

制作方法：
1 煮乌冬面切成大概3cm左右的小块儿稍微焯一下然后控干水分备用。
2 胡萝卜、卷心菜、洋葱都切成2cm长、5mm宽左右的细丝备用。
3 猪肉切成5mm宽左右的细丝备用。
4 在平底锅里面把色拉油烧热之后将2和3炒熟。
5 猪肉炒熟并且蔬菜都炒软之后加入1再翻炒一下，之后加入酱油调味。

吐司烤得喷喷香又脆

吐司比萨饼

材料：餐包面包（12片切片）1片，番茄10g，青椒10g，低脂肪干酪（软片状）1片，番茄酱1/4小勺。

制作方法：
1 将面包去除掉硬皮之后单面涂抹番茄酱备用。
2 番茄用热水焯过之后去除籽儿切成5mm左右大小的块儿备用。
3 将青椒切成大约1cm长2～3cm宽的小块儿备用。
4 将2和3放在涂抹了番茄酱那一面的面包片上，然后贴上低脂肪干酪。
5 放在烤面包机上烤3～4分钟到低脂肪干酪即将融化成为黏稠状之后，切成适合宝宝食用的大小即可。

以蛋白质为主的断奶食品

用·小·手来抓刚刚好
条状汉堡包

材料：A（调和后的绞肉馅儿20g、洋葱碎末儿1小勺、调和好的鸡蛋1小勺、面包粉1小勺、食盐少许），胡萝卜（5cm长；1mm宽）2条，色拉油、番茄酱各少许。

制作方法：

1 把胡萝卜煮软备用。

2 将A全部放进碗里用手调和搅拌均匀。

3 将2分成两个等分、分别将1包裹成为条状备用。

4 将平底锅里面倒上色拉油烧热之后将3放进里面徐徐翻转煎熟。

5 每根都切成一半长度后盛进宝宝的碗里，抹上番茄酱即可。

温馨建议菜单
+主食 软饭（参照P14~15）
+配菜 奶油蘑菇浓汤（参照P54）

薄薄的鸡胸肉变身比萨饼
比萨风味鸡胸肉

材料：鸡胸肉20g，番茄10g，青椒5g，低热量干酪（软片装）1/4片，番茄酱1/2小勺。

制作方法：

1 将鸡肉切成薄片之后，紧挨着摆放在保鲜膜上。

2 在1上面再覆盖上一层保鲜膜然后用擀面杖轻轻地擀开。

3 将番茄放在热水里焯一下，之后去掉籽儿切成5～6mm左右的小块儿备用。

4 青椒切成长1cm宽2～3mm的小块儿备用。

5 低热量干酪切成1cm左右的小块儿备用。

6 在烤面包机上铺上烧烤保护膜之后，将去掉了保鲜膜的2放进去。

7 在6的表面上涂抹番茄酱之后将3和4也放上，再撒上5。烤到鸡肉完全熟了为止大约需要5分钟左右。

温馨建议菜单
+主食 餐包面包
+配菜 炖羊栖菜（参照P54）

鸡蛋一定要全熟才美味安全
豆腐鸡蛋羹

材料：调和好的鸡蛋1/2个，嫩豆腐20g，菠菜10g，高汤（参照P16）1/4杯，淀粉1/3小勺，水2/3小勺，酱油少许。

制作方法：

1 将豆腐切成1cm左右的小块儿备用。

2 将菠菜煮过之后切成小块儿备用。

3 将高汤放进小锅里面煮开后待豆腐温度改变时将2加进去，用少许酱油调味。

4 用水将淀粉通过搅拌变成淀粉糊，并且放进3里面轻轻搅拌直到锅里面都变成羹。水和淀粉的分量要一边看锅里的情况一边酌情调节。

温馨建议菜单
+主食 软饭（参照P14-15）
+配菜 胡萝卜丝（参照P55）

味道鲜美的胡萝卜酱配最佳组合
铁板烧豆腐

材料：木棉豆腐50g，胡萝卜15g，高汤（参照P16）3大勺，淀粉1/3小勺，水2/3小勺，小麦粉、酱油、色拉油各少许。

制作方法：

1 豆腐切成厚度为1.5cm左右薄厚的片，控干水分备用。

2 胡萝卜擦碎成泥状备用。

3 将小锅里放入高汤和2开小火煮到胡萝卜变软，用少许酱油调味。

4 淀粉加水调和成如同软果冻一样的淀粉糊，放到3里面通过搅拌将锅里变成羹。淀粉糊的分量视情况酌情处理。

5 平底锅里面倒入少许色拉油烧热之后将1蘸上小麦粉之后放在锅里两面煎熟。

6 将5盛到盘中后上面浇上4即可。

温馨建议菜单
+ 主食 软饭（参照P14-15）
+ 配菜 低热量芝士花椰菜（参照P54）

裹了鸡蛋煎出黄金色泽
小白鳞鱼意大利酥仔肉

材料：白鳞鱼15g，调和好的鸡蛋1大勺，荷兰芹碎末儿1/2小勺，小麦粉、色拉油各少许。

制作方法：

1 小白鳞鱼切薄片备用。

2 将荷兰芹的碎末儿放进鸡蛋里一起调和搅拌均匀。

3 平底锅内放油后烧热，将蘸了2以及小麦粉的1放入锅里两面煎熟。

温馨建议菜单
+ 主食兼配菜 土豆沙拉三文治（参照P51）

嫩滑爽口香甜甜
日式氽肉片

材料：猪腿肉切薄片（剔除脂肪部分）20g，卷心菜15g，淀粉、酱油各少许。

制作方法：

1 卷心菜切丝煮熟后控干水分备用。

2 猪肉切成约1.5cm左右宽的薄片备用。

3 在锅里把热水（材料分量外）烧开后将裹了淀粉的1缓缓放进汤锅。肉完全熟了以后肉完全熟了以后稍凉一下、在笊篱里面控干水分。

4 将1和3盛到盘子里面稍微洒上少许酱油即可。

温馨建议菜单
+ 主食 软饭（参照P14～15）
+ 配菜 羊栖菜什锦煮（参照P54）

甜蜜蜜香飘飘
低热量干酪配花椰菜

材料：花椰菜（穗尖部分）30g，低热量干酪1大勺，碎芝麻1/2小勺，砂糖少许。

制作方法：

1 花椰菜切成块儿状后煮熟控干水分备用。

2 将低热量干酪和碎芝麻以及砂糖混合搅拌。

3 将1放入2稍稍搅拌即可。

色彩鲜艳诱人食指大动
羊栖菜什锦煮

材料：羊栖菜（菜干）2g，胡萝卜5g，扁豆5g，油豆皮3g，高汤（参照P16）6大勺，砂糖、酱油各少许。

制作方法：

1 羊栖菜加水发起来之后，控干水分切成大约1cm左右的长度备用。

2 胡萝卜、扁豆煮熟后切成大约长1cm宽5mm左右的小条儿备用。

3 油豆皮在热水里焯一下，切成大约长1cm宽5mm左右的条儿状备用。

4 所有材料统统放进小锅里一直煮到羊栖菜变软为止即可。

雪白香糯可口
奶油风味芜菁菜

材料：芜菁30g，芜菁叶5g，鸡肉绞馅儿10g，蔬菜汤汁（参照P17）1/2杯，奶油酱（BF）1大勺。

制作方法：

1 芜菁切成1cm左右小块儿，芜菁叶子切成小段儿备用。

2 将蔬菜汤汁和鸡肉以及1放进小锅里煮。

3 煮到芜菁变软之后加入奶油酱均匀搅拌之后煮到开为止。

酸奶调和的沙拉汁清淡美味
甘薯沙拉

材料：甘薯40g，原味酸奶1小勺，蛋黄酱1小勺。

制作方法：

1 将甘薯切成1cm左右的小块儿煮得软软的。

2 将原味酸奶和蛋黄酱混合后与1充分搅拌均匀即可。

被胡萝卜的天然香甜陶醉
精品胡萝卜

材料：胡萝卜30g，水1/4杯，色拉油少许。

制作方法：

1 胡萝卜切成长2cm、宽5mm左右的丝备用。

2 小锅里加油后烧热将1放进锅里翻炒之后加水。

3 煮到胡萝卜软软的为止。

蔬菜米饭卷起大不同的味道
卷心菜蔬菜卷

材料：卷心菜1/2片，胡萝卜5g，洋葱5g，猪肉绞馅儿15g，米饭1小勺，意大利面条1/4根，食盐少许。

制作方法：

1 卷心菜煮熟之后控干水分备用。

2 胡萝卜、洋葱切成碎末儿，煮熟后控干水分备用。

3 将猪肉和米饭在碗里搅拌均匀后加入2，用手继续均匀调和搅拌直到可以成为一坨。

4 用1把3卷起来。卷好后用意大利面插进卷心菜封口。

5 将4放进小锅里面放入一点点水（材料分量外）烧到沸腾之后改小火，煮到猪肉熟大概需要7~8分钟左右。煮好后稍微加入少许食盐调味即可。

细腻口感如同软布丁一样
南瓜果冻

材料：南瓜20g，苹果果汁2大勺，粉状明胶1g，水1大勺。

制作方法：

1 将南瓜煮得软软的之后腻成泥状备用。

2 将苹果汁加进1当中调和搅拌均匀。

3 将明胶和水放进微波碗里稍微搅拌之后，轻轻覆盖上保鲜膜，然后放入微波炉里加热大约10秒钟。

4 轻轻搅拌3直到明胶粉完全溶解。

5 将4加入2里面充分搅拌之后，倒入模具里面后放到冰箱里面冷藏凝固即可。

胡萝卜泥风情
胡萝卜面包饼

材料：胡萝卜15g，热香饼专用粉（市场销售）2大勺，牛奶1大勺，黄油少许。

制作方法：

1 胡萝卜擦碎后备用。

2 将牛奶、胡萝卜碎加入热香饼专用粉里面充分搅拌均匀。

3 平底锅里面放一点黄油烧热之后将2放进去，两面煎熟即可。

水果荟萃
蜜制水果捞

材料：甘薯20g，菠萝10g，猕猴桃5g，牛奶1小勺。

制作方法：

1 将甘薯煮得软软的捣碎成泥状备用。

2 将菠萝和猕猴桃都切成大概7～8mm左右的小块儿备用。

3 将牛奶加入1里面，充分搅拌均匀，并且将2也放进去一边调和一边继续搅拌。

4 用保鲜膜将3包裹起来后，团成适当的形状即可。

挑战应季美味水果
水果沙拉

　材料：香橙1只，草莓1个，苹果10g，原味酸奶2大勺。

制作方法：
1　所有水果全都切成大概7～8mm左右的小块儿。
2　将水果放到小碗里面倒上原味酸奶即可。

吐司搭配苹果无与伦比
苹果吐司

　材料：餐包面包（12片切片）1片，苹果30g，水1大勺。

制作方法：
1　将苹果捣碎成泥之后，加水用小火稍微焯一下。
2　面包除掉硬皮之后切成宝宝比较容易进食的大小，略微烤成吐司状。
3　将1点缀在2上面即可。

烤炉香味飘溢
香蕉布丁

　材料：香蕉20g，牛奶2大勺，调和好的鸡蛋1/4个。

制作方法：
1　香蕉切成碎末儿备用。
2　将牛奶和鸡蛋以及1均匀搅拌之后放到微波小碗里。
3　在烤炉里面大约烤5～6分钟即可。

3

速冻食品轻松制作断奶食品

速冻保存的基础常识

新鲜食品材料一定要短时间内冻起来

宝宝一次进食的断奶食品的量是非常少的。如果每次都计划只做宝宝一餐所吃的分量，做起来会变得非常非常麻烦。为了节省爸爸妈妈的时间以及避免麻烦，我们推荐食物材料保存速冻法。

聪明保存的秘诀在于选择新鲜的食物素材，稍微将食物处理一下之后立刻冷冻起来。要知道如果食物接触了空气就会氧化或者干燥，因此我们要尽量使食物处于密封的状态下才会容易保存。还有，速冻之前要将食物尽量分成小份（宝宝每餐需要的小份）这样在给宝宝做饭烹饪的时候就比较容易解冻了。

使用在断奶食品当中的食物素材如果速冻了，就一定要加热处理。比如说米粥，不要让食物自然解冻，一定要加热后给宝宝吃。即使冷冻也不能完全保证食物的品质不会坏掉，所以从冷冻那一天开始1周或者10天之内一定要使用完，这个也是重点哦。

速冻方便百宝箱 ●●●●●●●●●●●●●●●●●●●●●●●●●●●●

金属的小盘
将需要冷冻的食物材料放在上面之后可以直接放进冰箱的冷冻室里面。因为温度传导比较容易，所以可以很短时间内就冻结实了。

密封小盒子
可以将食品材料放进去来冷冻，一定要选择盖子可以密封的那一种哦。因为是用在给宝宝的断奶食品保存上，所以尽量选择小号的吧。

保鲜膜
包裹食物防止食物干燥用这个合适。仅仅是保鲜膜的话，可能还不能万无一失地阻挡空气的侵蚀，最好将保鲜膜包裹的食物再放进保存容器或者保存袋里面才好。

冰格子
高汤或者粥都可以用这个小东西来冷冻。因为可以分出来很小的格子，所以少量的东西冻起来很方便哦。

冷冻用保存袋
要用带有拉链封口密闭性超级好的那种哦。还有解冻的时候可以直接放进微波炉里面功能呢。

纸杯子
在食物切很小块儿的时候可以用这个来冷冻。如果选择纸杯子时候选了可以用于微波炉的那一种的话，直接放进微波炉里面解冻也非常方便。

标记帖
冷冻食物的种类以及冷冻的时间一定要记入，可以贴在保存容器的外面也可以贴在保存袋子上非常方便呢！

速冻保存基础 ●●●●●●●●●●●●●●●●●●●●●●●●●●

1 预先准备：根据食品材料不同，适当地事先煮熟或者切成合用的形状。软硬或者形状完全要配合宝宝的断奶食品进程来调节。

2 晾凉后进行保存：加热后一定要等到食物的热气散尽后再冷冻。还有热度余温直接放进速冻室里面的话会造成冰箱温度上升。

3 摆在金属的盘内：短时间内冷冻的话可以放在冷冻盘里面平铺摆放。

4 放入冷冻室：为了防止干燥或味道散出混合，可以在冷冻盘上面覆盖一层保鲜膜。

5 放进保存容器：完全冻住之后可以转移到冷冻保存袋里面去，尽量保持真空存储。

6 记入日期等内容：将冷冻日期写好后保存在速冻层。除了蔬菜一样可以通过形状判断的食品以外，可以把食物的种类也写上非常方便。

速冻保存的3个窍门

1 一定加热后烹调

作为断奶食品，即使冷冻之前加热过了，也绝不能够解冻恢复常温后直接给宝宝吃。要知道解冻过程中有可能一些细菌已经在食物上繁殖了。速冻存的食品给宝宝吃之前一定要加热，这是很关键的哦。

2 不要再次冷冻

冷冻的断奶食品解冻后即使剩下了也绝对不要再冷冻。不单单是食物质量不再那么上乘，已经有细菌繁殖也是有可能的。如果冷冻的分量很多那么解冻时候只要把1次宝宝要吃的分量解冻就好了。为了方便少量解冻，最早在冷冻保存时候就要分开小分量冷冻保存。

3 尽早吃光

断奶食品要尽量选择新鲜的食物，尽可能在食物的新鲜度下降之前准备好，然后冷冻起来。无论什么食物最好都能够在冷冻那一天开始1周或者10天之内食用。为了防止忘记了究竟是哪一天冷冻，把日期写上就很方便咯。

食品分开冷冻大法

主食的速冻保存 ●●●●●●●●●●●●●●●●●●●●●●●●●●

■ 米粥

只把宝宝1餐分量放在纸杯子里面：完全晾凉了的米粥按照宝宝1餐的分量分开放在纸杯子里面，然后放在金属小盘上面收进冷冻室。

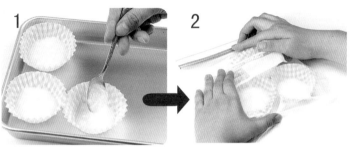

转移到密封袋子保存：完全冻住之后，可以转移到冷冻保存袋里面，密封后收进冷冻室保存。

■ 软饭

只把一餐分量的用保鲜膜包好：软饭或者米饭都一样，只把宝宝一餐分量用保鲜膜包好冷冻保存。完全冻住以后也不要揭掉保鲜膜就维持原状放进冷冻保存袋之后收进冷冻室里保存。

■ 面包糊

只把宝宝1餐分量放在纸杯子里面：完全晾凉后面包糊按照宝宝1餐的分量分开放在纸杯子里面、然后放在金属小盘上面收进冷冻室。

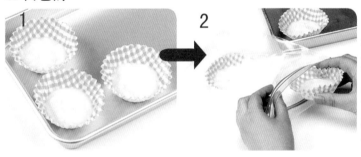

转移到密封袋子保存：完全冻住之后，可以转移到冷冻保存袋里面，密封后收进冷冻室保存。

■ 面包餐包

切开后用保鲜膜包裹：取出面包硬皮之后将宝宝一餐分量切成若干份，用保鲜膜包裹好之后冷冻保存。完全冻住以后也不要揭掉保鲜膜，就维持原状放进冷冻保存袋之后收进冷冻室里保存。

■ 干面

1

掰成适合宝宝吃的长度：根据宝宝断奶食品的进程配合面的种类，掰成适合宝宝吃的长度。

2

煮得软软的：煮软后过水，然后完全控干水分。

3

分成1餐分量用保鲜膜包好：按照宝宝一餐的分量用保鲜膜包裹好冷冻起来。完全冻住以后也不要揭掉保鲜膜，就维持原状放进冷冻保存袋之后收进冷冻室里保存。

高汤汤水的速冻保存●●●●●●●●●●●●●●●●●●●●●●●●●●●●●●

1

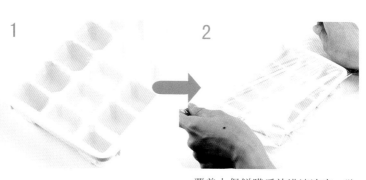

放进冰格子里面：做好的高汤等液体，自然晾凉到没有余热之后倒入冰格子里面。

2

覆盖上保鲜膜后放进速冻室：防止其他杂味污染高汤的味道，在冰格子上覆上保鲜膜后冷冻。

3

转移到密封保存袋保存：完全冻住以后，从冰格子里面拿出来转移到保存袋密封保存。

酱汁食品速冻保存 ●●●●●●●●●●●●●●●●●●●●●●●

1
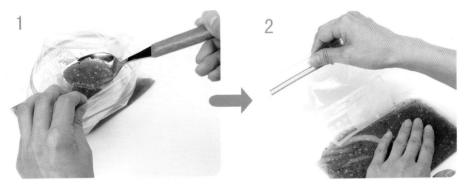

放进冷冻用保存袋：调制好的酱汁自然冷却至没有余热之后放进冷冻保存袋。

缓缓揿开袋子密封：逐渐挤出空气之后关上袋子的拉链密封。

3

用筷子划分范围：用筷子在冷冻保存袋子上将宝宝1餐分量押出范围。解冻时候只要掰下其中一段解冻即可。

不适合速冻保存的食物

在各种各样的食物当中毕竟存在只要冷冻就会变质的食品。比如说几乎所有的蔬菜，生的时候就不适合冷冻保存。蔬菜生的时候冷冻起来吃的时候就会觉得很难吃。因此要注意蔬菜一定要煮熟或者做了应做的处理之后再冷冻保存。还有豆腐、魔芋、酸奶如果冷冻的话水分就与食物分离开，形状会发生改变。除此以外，解冻后销售的鱼虾贝类肉类也需要避免在家里进行二次冷冻。

冷冻后状态会马上改变的食物、在冷冻保存之前需要事先作一些处理。

蔬菜的速冻保存 ●●●●●●●●●●●●●●●●●●●●●●●●●

■ 胡萝卜

切成适当的大小：配合着断奶食品的进程切成适当的大小。

3

煮好控干水分：煮得软软的用笊篱控干水分，自然晾凉。

分开小份用保鲜膜包裹：完全冷却之后，分成宝宝1餐用量用保鲜膜包好冷冻。完全冻住以后也不要揭掉保鲜膜，就维持原状放进冷冻保存袋之后收进冷冻室里保存。

■ 南瓜

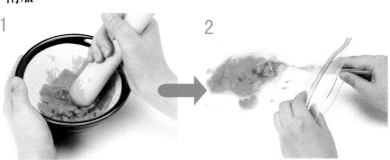

煮好捣碎成泥：切成适当大小后煮软，控干水分之后趁热捣碎成泥状。

3

放入冷冻保存袋保存：自然冷却没有余热之后放进冷冻保存袋，逐渐挤出空气之后关上袋子的拉链密封。

用筷子在冷冻保存袋子上将宝宝1餐分量押出范围。解冻时候只要掰下其中一段解冻即可。

■ 番茄

1

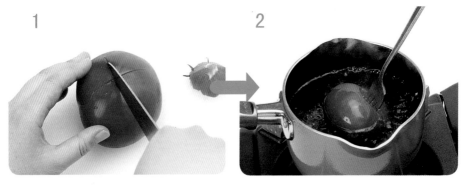

去掉番茄蒂用刀划出切割范围：去掉番茄蒂之后在番茄的反面用刀划出切割范围。

2

放进热水焯：将番茄蒂那一边用叉子深深的插住番茄浸入热水当中。

3

浸冷水剥皮：当番茄皮稍微翘起时候立刻浸入冷水里把皮剥掉。

4

剔掉籽切碎：横着切开之后剔除番茄籽，然后配合断奶食品的进程把番茄剁碎。

5

放入冷冻用保存袋：放入冷冻用保存袋。逐渐挤出空气之后关上袋子的拉链密封。

番茄酱：去掉皮之后和洋葱一起翻炒变成番茄酱之后放进冷冻用保存袋冷冻也是不错的选择哦。

■ 菠菜

1 煮好后晾凉：菠菜煮软后自然晾凉然后控干水分。

2 剁碎后用保鲜膜包裹：配合断奶食品的进程剁碎，按照宝宝1餐分量包起来冷冻。完全冻住以后也不要揭掉保鲜膜，就维持原状放进冷冻保存袋之后收进冷冻室里保存。

2

实际使用时候在冷冻状态下切碎也可以。

少量用保鲜膜包裹：按照宝宝1餐分量包裹起来冷冻。完全冻住以后也不要揭掉保鲜膜，就维持原状放进冷冻保存袋之后收进冷冻室里保存。

■ 蔬菜什锦材料

1 剁碎蔬菜：配合断奶食品的进程将蔬菜切成适当的大小。

2 煮软：将蔬菜煮熟。因为蔬菜种类各异煮熟所需要的时间也不一样。我们可以根据放进锅里先后时间不同自己调节。

3

放进冷冻保存袋里保存：控干水分之后完全晾凉，放进冷冻保存袋里面之后冷冻保存。

肉类鱼类速冻保存 ●●●●●●●●●●●●●●●●●●●●●●●●●

■ 肉馅儿

一边搅拌一边煮：为了不让肉馅儿在煮的过程中团成硬块儿一边搅拌一边煮。如果肉馅儿特别少，也可以放在小茶漏里面然后直接在热水里面涮烫也可以。如果出现飞沫儿的话一定要把飞沫儿撇除干净。

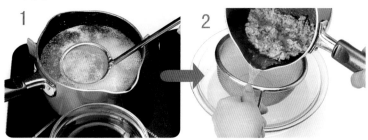

控干水分：用笊篱控干水分，并且直接在笊篱里面晾凉。

放在冷冻用保存袋里：放在冷冻用保存袋里之后，逐渐挤出空气之后关上袋子的拉链密封。

■ 鸡肉

煮好后切碎：在热水中完全煮熟。晾凉之后根据断奶食品的进程切碎。

分小包装用保鲜膜包裹：用保鲜膜分开宝宝1餐食用量包裹。完全冻住以后也不要揭掉保鲜膜，就维持原状放进冷冻保存袋之后收进冷冻室里保存。

或者用手撕碎：宝宝习惯了断奶食品之后可以吃稍微大一点食物的时候，可以煮熟之后用手撕碎鸡肉也完全没有问题。

■ 鱼

煮熟后碾开用保鲜膜包裹：煮熟之后晾凉。根据断奶食品的进程碾碎腻开，按照宝宝1餐的分量用保鲜膜包裹好。完全冻住以后也不要揭掉保鲜膜，就维持原状放进冷冻保存袋之后收进冷冻室里保存。

■ 小白鳞鱼干

1 过热水焯一下之后控干水分：用小茶漏或者笊篱盛着浸到热水当中去除部分盐分。完全控干水分之后晾凉。

2 放在冷冻用保存袋里：放在冷冻用保存袋里，逐渐挤出空气之后关上袋子的拉链密封。

速冻食物的使用方法 ●●●●●●●●●●●●●●●●●●●●●●●●

■ 微波炉解冻

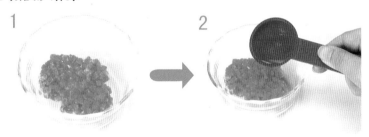

1 放进微波容器：将冷冻过的食物放进微波容器中。如果是放在金属容器中进行冷冻的食物，一定要从金属容器中取出哦。

2 配合食物的量稍稍加点水：水分少的食物或者食物的量很少，要稍微加点水来解冻，这样可以防止造成食物干燥或者烤焦。

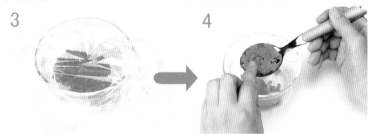

3 轻轻覆盖保鲜膜：要在微波容器上轻轻覆盖一层保鲜膜。但是不要盖得完全不透气，避免造成食物蒸汽将保鲜膜撑破。

4 最后一定要确认是否加热到理想程度：使用微波炉开始加热。因为食物里侧比较不容易加热，所以在加热后用手指轻轻检测一下是否完全热透也是非常关键的。

■ 冷冻食品直接处理

1

和高汤汤汁一起倒入锅里：将冷冻食品直接和高汤汤汁一起倒入锅里。即使将其他非冷冻食品一起加入也完全没关系。

2

一边加热一边烹煮：用小火将冷冻食品慢慢煮开。

■ 面包

直接放在烤炉上：冷冻的面包去掉包裹的那层保鲜膜之后可以直接放在烤炉上面进行加热。

直接擦成面包屑：做面包糊或者用面包来调整水分黏稠度时候，可以将冷冻的面包直接使用擦削器来擦碎成面包屑使用。

■ 捣碎成泥的蔬菜

放在冷冻室里面押成薄片保存的食物（参照P62～65）只要将需要的部分掰开拿出来解冻就可以了。

使用速冻保存食品做成的断奶食品

推荐给5~6个月宝宝的

使用了这样的原料　南瓜

可以和汤汁一起放在微波炉里面解冻和加热

面包布丁羹

材料：捣碎成泥的南瓜（冷冻）1小勺，蔬菜汤汁（参照P17）1小勺。

制作方法：

1　将冷冻状态的南瓜和蔬菜汤汁都放进微波专用碗里面。

2　轻轻覆盖上一层保鲜膜之后用微波炉大概加热30秒钟。

3　充分搅拌均匀之后确认是否完全加热成功。

 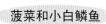

菠菜和小白鳞鱼　使用了这样的原料

仅仅是将冷冻的食物加热哦

菠菜煮小白鳞鱼

推荐给7~8个月宝宝的

材料：煮好切碎的菠菜嫩菜叶（冷冻）2大勺，除掉了盐分的小白鳞鱼（冷冻）1小勺，高汤（参照P16）3大勺，淀粉1/3小勺，水2/3小勺。

制作方法：

1　将小白鳞鱼稍微用热水焯一下，控干水分切碎备用。

2　将高汤和菠菜放进小锅里面煮开，当菠菜完全煮软时加入1继续到沸腾烧开。

3　用水将淀粉通过搅拌变成淀粉糊，放进2里面轻轻搅拌，直到锅里面都变成羹。水和淀粉的分量要一边看锅里的情况一边酌情调节。

推荐给9～11个月宝宝的

鸡肉馅儿解冻和羊栖菜的加热同步完成

羊栖菜盖饭

材料：煮熟的鸡肉馅儿（冷冻）20g，羊栖菜（菜干）1/3小勺，5倍水分米粥（参照P14～15）3大勺，高汤（参照P16）1小勺。

制作方法：
1 将羊栖菜放进水里发开，控干水分之后切成5mm长度左右备用。
2 将鸡肉馅儿和高汤一起放进微波碗里面，加入1，然后轻轻地覆盖上保鲜膜用微波炉加热大约1分钟左右。
3 将所有食物均匀搅拌并且确认是否加热完全。
4 将3放入粥里面搅拌即可。

餐包面包
使用了
这样的原料

推荐给5～6个月宝宝的

冷冻面包直接擦成碎末使用

橙味面包糊

材料：去掉硬皮的8片切片面包（冷冻）1/8片，橙汁1大勺。

制作方法：
1 用擦碎器将冷冻的面包直接擦碎。
2 将1和橙汁倒入微波专用容器里面、轻轻覆盖上保鲜膜之后放入微波加热30秒左右。
3 充分搅拌后确认是否加热完全。

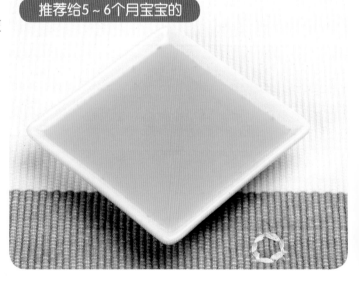

使用了
这样的原料 ➡

鸡肉馅和番茄酱

推荐给7~8个月宝宝的

冷冻材料2种组合
肉茸番茄汤

材料：煮熟切好的鸡肉馅（冷冻）1大勺，过热水切好的番茄（冷冻）2大勺，水2大勺，香芹（嫩叶部分）少许。

制作方法：

1 香芹切成碎末备用。

2 将鸡肉馅、番茄和水加入小锅里煮，开锅后将火调小继续煮到可以确认完全煮熟为止。

3 盛到容器中撒上1即可。

鸡肉馅

使用了
这样的原料

将需要部分的肉馅取出来
卷心菜碎肉馅

材料：煮熟的鸡肉（冷冻）20g，淀粉1/3小勺，卷心菜（嫩叶部分）30g，水2/3小勺，蔬菜汤（参照P17）1/2杯。

制作方法：

1 将卷心菜切成1.5cm长、5mm宽备用。

2 将蔬菜汤和1放入小锅里煮、开锅后调整到小火，盖上锅盖焖蒸5分钟。

3 加入鸡肉馅、煮到鸡肉完全熟透、蔬菜完全变软即可。

4 用水将淀粉通过搅拌变成淀粉糊，放进3里面轻轻搅拌直到锅里面都变成羹。水和淀粉的分量要一边看锅里的情况一边酌情调节。

推荐给1岁~1岁半宝宝的

※ 蔬菜水果的分量是指去掉了皮和核儿之后的分量。

※ 微波炉的加热时间是以500W为基准设定的。加热的时间因机器的种类不同而存在差异，因此请大家酌情处理。

4

熟练利用各种成品婴儿食品

形色各异的婴儿食品

  婴儿食品是我们制作断奶食品的好帮手，市场上销售的婴儿食品琳琅满目、品种繁多，有作为配合调味使用的东西，也有不需要烹调就可以直接给宝宝食用的东西。其中一部分只需要加入水就可以食用、立刻让菜单丰富起来的，也有用在调味上非常方便的。另外烹饪起来非常棘手的动物肝脏等食品也可以通过使用婴儿食品一下子变得非常轻松简便。作为食物添加物质只用维生素C等天然物质，我们也可以很放心地让宝宝食用。

  婴儿食品因为所用食物不同因而食物的种类、大小、软硬以及烹饪也都不同，我们在选择给宝宝食用时候一定要记得认真看包装说明。还有就是：给宝宝食用之前我们一定要记得事先尝一尝味道、软硬和温度。对！宝宝食用之前、爸爸妈妈们先来品尝一下才好！

婴儿食品的种类以及使用方法 ●●●●●●●●●●●●●●●

〈溶水型〉

▼如同图中所示加入适当温度的热水之后充分搅拌即可，或者撒在粥类表面稍微焖一下即可。

片状、颗粒状、粉末状
  是将烹饪完成的食物晒干所结成的颗粒。几乎都是按照宝宝1餐进行分量小包装的。

▼如同图中所示浇上热水之后一边碾开一边搅拌。

块状
  是将烹饪完成的食物快速冷冻并且抽掉其中水分所形成的。有小方块也有小杯子形状的。

〈即食型〉

▼虽然是打开之后立即可以食用但是还是放在热水里面烫一下或者放在微波碗里之后稍微加热一下再给宝宝吃比较好吃。

密封即食
  是将烹饪完成的食品密封、进行过杀菌的。有袋装、也有杯装的各种包装。

▼打开之后立即可以食用。但是如果一次吃不完就先将需要的分量取出来，剩余部分放在冰箱里保存。2天之内一定要吃光哦。

罐装
  是将烹饪完成的食品密封装在瓶子或者小罐里面的。打开盖子时候会有砰的一声响，这就表明是密封的。

形色各异的婴儿食品 ●●●●●●●●●●●●●●●●●●●●●●●●●

■高汤、汤汁、酱（糊）

日式、西洋式、中式等种类繁多。尤其是酱（糊）对于调制羹类婴儿食品非常有帮助。这一类用于断奶食品调味非常方便实惠。

日式高汤　　蔬菜汤汁　　玉米糊　　奶油羹

■ 主食

有溶水形式的米粥、面包糊等，加入适量热水可以调节软硬。乌冬面、意大利面在这类不需要烹调就可以直接食用的食品当中占有很大一席之地的哦。

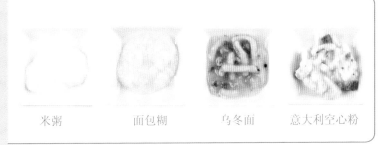

米粥　　面包糊　　乌冬面　　意大利空心粉

■ 调味单品

在烹饪食物的时候做准备助手位置的调味素材也是有很多的。对于我们挑战自己动手做断奶食品是非常方便的。即便仅仅是和米粥搅拌在一起也能够让原有的食物味道产生很大变化。

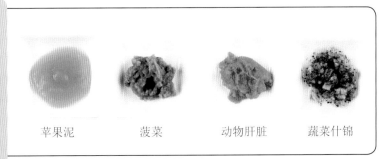

苹果泥　　菠菜　　动物肝脏　　蔬菜什锦

■ 烹调完成食物

打开包装即刻可以食用。外出时候或我们繁忙时候这种食物可以帮上大忙呢。只要我们带好勺子或者小碗就可以很轻松地让宝宝吃到东西咯。

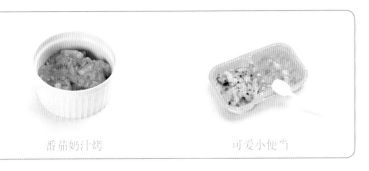

番茄奶汁烤　　可爱小便当

婴儿食品与断奶食品的组合

婴儿食品＋谷类断奶食品

 使用了这样的原料 → 南瓜甘薯泥

推荐给5～6个月的宝宝

只是从小瓶子里盛出来那么简单
面包粥加蔬菜糊

材料：餐包面包（8片切片）1/8片，调和后的牛奶2大勺，南瓜甘薯泥（BF）1小勺。

制作方法：
1　去掉面包的硬皮之后掰碎成小块儿放在微波碗里。
2　将调和过的牛奶放进1里面充分搅拌均匀，轻轻覆盖上保鲜膜在微波炉里面加热20秒钟。
3　揭掉保鲜膜之后再充分搅拌一下，配合断奶食品的进程可以继续捣碎碾碎。
4　将BF盛在3上面一边轻轻搅拌一边喂给宝宝即可。

 7种蔬菜 使用了这样的原料

可以轻松吃到各种蔬菜营养
蔬菜什锦粥

材料：7倍水的粥（参照P14～15）3大勺，7种蔬菜（BF）1/2袋。

制作方法：
1　将BF用适量热水冲调开。
2　将1加入米粥里面即可。

推荐给7～8个月的宝宝

推荐给9～11个月左右的宝宝

 使用了这样的原料 → 鸡肝和绿色蔬菜

准备起来很麻烦的鸡肝可以用BF
鸡肝意大利面

材料：意大利面（细面）3根，甘薯20g，鸡肝和绿色蔬菜（BF）。

制作方法：
1　将意大利面煮软之后切成大约5～6mm左右。
2　甘薯煮软之后碾碎成泥状。
3　将BF用适量热水冲调开。
4　将1～3混合后搅拌均匀即可。

婴儿食品 + 蔬菜断奶食品

推荐给5~6个月的宝宝

使用了这样的原料 果汁阿斯特/桃汁

胡萝卜飘果香
胡萝卜桃子酱

材料：胡萝卜5g，果汁阿斯特/桃汁 BF1/2袋。

制作方法：
1 胡萝卜擦削成碎末儿。
2 将BF加热水冲调开。
3 将1和2放进小锅里用小火煮到胡萝卜完全变软为止。

 调味糊　使用了这样的原料

不需要谁来调整简单方便
土豆泥蔬菜盖饭

材料：土豆30g，胡萝卜10g，香菇5g，扁豆荚5g，高汤（参照P16）1/2杯，调味糊（BF）1袋。

制作方法：
1 将土豆煮软之后碾碎成为土豆泥。
2 胡萝卜、香菇、扁豆荚切成碎末儿。
3 将2和高汤放进小锅里面煮开，煮到胡萝卜变软后一边搅拌一边加进BF，锅里通过搅拌就会变成羹的状态。一定要一边观察锅里的状态一边循序渐进地添加BF。
4 将1盛到碗里之后上面浇上3即可。

推荐给7~8个月的宝宝

使用了这样的原料 奶油酱

糯香软甜美味无极限
奶油炖菜

材料：洋葱5g，胡萝卜5g，口蘑5g，猪腿肉切薄片（剔除脂肪部分）15g，奶油酱（BF）1袋，水1/2杯。

制作方法：
1 洋葱、胡萝卜、口蘑切成5mm左右小块儿。
2 猪腿肉切成碎末儿。
3 将BF用适量热水冲调开。
4 将水和1以及2加入小锅煮开，煮到胡萝卜完全变软之后加入3，充分搅拌至再次煮开。

推荐给9~11个月的宝宝

※ 蔬菜水果的分量是指去掉了皮和核儿之后的分量。
※ 微波炉的加热时间是以500W为基准设定的。加热的时间因机器的种类不同而存在差异，因此请大家酌情处理。

※ "BF"是指市场上销售成品婴儿食品。

79

推荐给5～6个月的宝宝

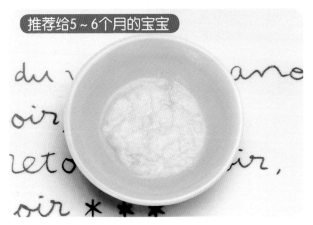

使用了这样的原料 日式高汤

即使只要一点点使用BF方便简单

高汤煮小白鳞鱼

材料：小白鳞鱼10g，明治婴儿食品日式高汤（BF）1袋，水3大勺。

制作方法：

1 将所有材料放进小锅里面，用小火煮到鱼肉全熟即可。

2 将鱼肉捣碎之后盛到碗里。

 菠菜小油菜 使用了这样的原料

费事的蔬菜泥轻松搞定

绿色白鳞鱼

材料：小白鳞鱼15g，菠菜小油菜（BF）1/2袋。

制作方法：

1 白鳞鱼煮熟后捣成碎末儿。

2 将BF用热水冲调好。

3 将1和2调和搅拌即可。

推荐给7～8个月的宝宝

使用了这样的原料 玉米什锦煮

用玉米来调和味道

吞拿鱼玉米什锦煮

材料：吞拿鱼15g，玉米什锦煮（BF）1/2袋，芝士粉、荷兰芹（嫩叶部分）各少许。

制作方法：

1 将吞拿鱼煮熟之后撕成小块儿。

2 将BF加适量热水调和开。

3 将1放进微波碗之后上面覆盖2撒上芝士粉。

4 放在烤炉里面烤大约3分钟左右。

5 撒上荷兰芹的碎末儿即可。

推荐给1岁～1岁半的宝宝

使用了
这样的原料

绿色蔬菜的土豆

满口嫩滑的土豆泥摇身一变

鸡肉馅儿土豆糊

材料：鸡胸脯肉10g，绿色蔬菜土豆(BF)。

制作方法：

1 将鸡肉煮软之后切成碎末儿。

2 将BF用热水冲调开。

3 将1和2混合搅拌在一起。

中餐风味的蔬菜调味
使用了
这样的原料

蔬菜调味薄薄的加入汤里面

鸡肉青梗菜汤

材料：鸡胸肉15g，青梗菜（嫩叶部分）10g，胡萝卜5g，中餐风味的蔬菜调味（BF）1袋，水1/4杯。

制作方法：

1 鸡胸肉、青梗菜、胡萝卜都切成块儿。

2 将水加入到小锅里面之后煮至沸腾时候加入BF。

3 将1加进去之后煮到鸡肉完全熟透、胡萝卜完全变软为止。

使用了
这样的原料

鸡肉番茄酱

稍微翻炒一下即可

猪肉茸

材料：猪腿肉20g，洋葱15g，鸡肉番茄酱（BF）1袋，色拉油少许。

制作方法：

1 将洋葱切成大约2cm长、5mm宽的细条。

2 将BF用适量开水冲调开。

3 将色拉油放在平底锅加热之后将1和猪肉用小火翻炒并炒熟。

4 猪肉完全炒熟之后将BF放进去搅拌均匀即可。

※ 蔬菜水果的分量是指去掉了皮和核儿之后的分量。

※ 鱼的分量是指取出了鱼骨之后的分量。

※ "BF"是指市场上销售成品婴儿食品。

※ 烤面包机（烤箱）加热的时间因机器的种类不同而存在差异。因此请大家酌情处理。

5

挑战预留特制断奶食品

预留特制断奶食品的基础

预留断奶食品可以和成年人的饮食一起做

省掉单独做断奶食品的最好方法，我们推荐和成年人的饮食一起制作时候将断奶食品预留出来。就是在成年人饮食制作过程中想办法将宝宝的食物材料准备出来。但是绝对不可以将成年人的食品当中现有的东西就直接当作特制食品给宝宝吃。必须要配合着断奶食品的进程调节食物的大小和软硬，在不勉强宝宝的情况下逐步挑战。预留出的食品仅仅在最后烹饪的时候稍微费一点神就可以完成，因此这样做的话，既可以节省大部分时间又可以善始善终地利用食物。

预留断奶食品的基础之一就是在做好准备之后的最后步骤来给宝宝调味。虽说随着断奶食品的进程，宝宝稍微吃一点点调味料也没有问题，但是还是在喂食之前爸爸妈妈先品尝一下味道比较安心，千万不要忘记一定不能勉强宝宝吃不合口味或者口味太重的食品哦。

预留断奶食品重点 ●●●●●●●●●●●●●●●●●●●●●●●●●

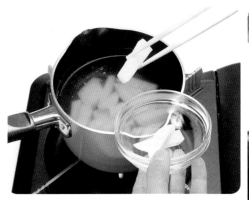

只准备宝宝能吃的食物
配合着断奶食品的进程只准备宝宝能吃的食物。

预留食物一定要在调味之前进行
断奶食品要么调味很淡要么根本就不调味，因此一定要在成年人饮食调味之前预留出来。

确认食物的大小
预留食物时候如果发现对于宝宝来说块儿太大了，要注意确认后调整为适合宝宝食用的大小。

调节食物的软硬
预留食品的材料要根据宝宝断奶食品的进程调整，可能会稍微需要继续捣碎等再加工。

成年人食谱：土豆小油菜日式酱汤

不要使用市场上销售的高汤颗粒，自己动手制作海带和墨鱼屑高汤。

5～6个月左右的宝宝

用高汤将土豆和小油菜煮熟，预留出土豆10g、小油菜叶子5g以及稍微一点点高汤即可。土豆和小油菜都捣碎之后加上高汤调成糊状。

7～8个月左右的宝宝

用高汤将土豆和小油菜煮熟，预留出土豆15g、小油菜叶子10g以及3大勺高汤即可。蔬菜切成3mm左右的小块儿，放进高汤里面搅拌均匀。

9～11个月左右的宝宝

用高汤将土豆和小油菜煮熟，预留出土豆20g，小油菜叶子10g以及2大勺高汤之后加上一点点味噌酱，预留出一大勺清汤即可。蔬菜切成5mm左右小块儿混合进高汤和清汤之后搅拌均匀。

1岁～1岁半的宝宝

用高汤将土豆和小油菜煮熟，预留出土豆25g、小油菜叶子10g，预留好之后，还要将加了味噌酱之后的清汤预留3大勺。蔬菜切成8mm左右的小块儿，混合进清汤之后充分搅拌均匀。

轻松快乐制作断奶食品大法

用电饭煲煮蔬菜

配合着断奶食品的进程，用保鲜膜包裹好蔬菜之后，在煮成年人的米饭的同时，将蔬菜包放进去就可以一起煮蔬菜咯。米饭熟了之后将逐个蔬菜包取出来，揭开保鲜膜晾凉即可。

用锡纸烧烤

成年人饮食制作过程中使用烤炉、烤箱的时候，将宝宝的食品也一起加热。将断奶食品的鱼类或者肉类用锡纸包裹成为鱼包或者肉包一起放进去烤制，只要是先拿出来晾凉即可。

米饭和米粥一起煮

蒸米饭的时候可以在电饭煲的正中间放置一个微波碗，碗里放上米和水。只要和平时一样正常地蒸米饭就自然可以再做1碗米粥咯。

预先准备食物所用的亲子菜单

爸爸妈妈菜单

鸡蛋煲

加了鸡蛋之后烤制

材料：〔成年人2人+宝宝1人份〕
菠菜1/2把，樱桃番茄4个，低热量干酪（软片状）1片，鸡蛋2个，黄油少许，调和好的牛奶1小勺。

制作方法：

1 菠菜煮熟后切成大概2cm左右。

2 樱桃番茄每个切成2半。

3 低热量干酪切成1cm左右小块儿。

4 在奶汁烤菜碗里面薄薄地涂抹上一层黄油之后将1放进里面，正中间部分放进调和好的鸡蛋，鸡蛋四周再撒上2。

5 预热好烤炉之后将4烤制大概1分钟，将3撒上去之后再烤制大约7～8分钟直到鸡蛋半熟为止。

宝宝菜单

推荐给5～6个月左右的宝宝

菠菜牛奶羹

制作方法：

1 上述制作方法1部分当中的菠菜预留出10g左右，捣碎成末儿。

2 将牛奶加入1里面之后调和搅拌均匀。

宝宝菜单

推荐给9～11个月左右的宝宝

芝士烤菠菜

制作方法：

1 将上述制作方法1部分当中的菠菜预留出15g左右，切成碎末儿放在烤箱可用碗里面。

2 将上述制作方法3部分当中的低热量干酪稍微预留出少许，切成小条儿之后放在1上面。

3 和成年人的奶汁烤菜碗一起放进烤箱里面烤制，直到芝士融化为止。

烤制土豆泥的味道无法抵挡

爸爸妈妈菜单

芝士烤土豆

材料：（成年人2人+宝宝1人份）

土豆2个，牛奶1/4杯，火腿2片，低热量干酪（软片装）2片，黄油1大勺，荷兰芹少许，蔬菜汤汁（参照P17）1大勺。

制作方法：

1 火腿切成小块儿，荷兰芹切成碎末儿。

2 土豆切成薄片之后煮软，控干水分之后在锅里捣成泥。

3 将黄油混合到牛奶里面之后用小火煮开。整锅搅拌均匀之后关火再加入1继续搅拌。

4 奶汁烤菜专用碗里面薄薄地涂抹上一层黄油之后将3放进去，将撕成小块儿的低热量干酪撒在上面。

5 放进烤箱大约烤制5分钟左右。

宝宝食用的通心粉需要微波再加热

爸爸妈妈菜单

番茄吞拿鱼空心粉

材料（成年人2人+宝宝1人份）

空心粉120g，吞拿鱼罐头1小罐，番茄1个，大蒜1瓣，橄榄油1大勺，食盐、胡椒、荷兰芹各少许。

制作方法：

1 按照包装上的指示将通心粉煮熟。

2 滤净吞拿鱼罐头的罐头汁。

3 番茄浸入热水之后去掉籽切成碎末儿。

4 将大蒜和荷兰芹切成碎末儿。

5 将橄榄油和4以及大蒜放进平底锅加热后炒出香味时候放入2、3，翻炒之后撒上胡椒和食盐。

6 将1也加入锅里搅拌均匀后盛到碗里，撒上4里面的荷兰芹碎末儿。

宝宝菜单

推荐给5~6个月左右的宝宝

土豆羹

制作方法：

1 将上述制作方法2当中的已经捣碎的土豆泥预留出1大勺。

2 加入蔬菜汤汁调和。

宝宝菜单

推荐给9~11个月左右的宝宝

婴儿通心粉

制作方法：

1 将上述制作方法1当中煮熟的通心粉预留出2大勺，切成5~6mm左右宽度。

2 将上述制作方法2当中吞拿鱼预留出1小勺，如果鱼肉的大小不适合的话可以用叉子碾碎。

3 将上述制作方法3当中切碎的番茄预留出1小勺。

4 将1~3都放入微波碗里面搅拌均匀，轻轻覆上保鲜膜之后放到微波炉里面加热30秒钟左右。

※ 蔬菜水果的分量是指去掉了皮和核儿之后的分量。

※ 微波炉的加热时间是以500W为基准设定的。加热的时间因机器的种类不同而存在差异。因此请大家酌情处理。

※ 烤面包机（烤箱）加热的时间因机器的种类不同而存在差异。因此请大家酌情处理。

87

爸爸妈妈菜单

容量丰富的汤菜
白菜肉丸汤

材料：（成年人2人＋宝宝1人份）

白菜150g，粉丝（干）10g，猪腿肉（红肉部分）80g，长葱5g，水2杯。

A淀粉1/2小勺、酒1小勺、食盐少许；B酒2小勺、食盐1/2小勺、酱油少许。

制作方法：

1 将白菜的菜叶和菜梗部分分开，切成适合食用大小的块儿。

2 粉丝充分浸入热水（分量外）大概2～3分钟之后，过一下冷水（粉丝因为品种不同所以食用方法请按照包装上为准）控干水分后切成2cm左右的段备用。

3 长葱切成碎末儿。

4 将猪肉和3、A放进碗里用手搅拌均匀，并且团成可以一口吃下去大小的团状（为宝宝预留的部分要做成小勺大小的2个）。

5 将水和1里面的白菜放进锅里烧到沸腾之后便成小火大概煮3分钟左右加进去菜叶再煮大约4分钟左右。

6 加入4一面煮一面撇除飞沫儿，到肉丸完全熟了之后加入2即可。

7 可以根据自己的口味加入B调味。还可以根据自己情况加入姜也是很美味的哦。

宝宝菜单

推荐给5～6个月左右的宝宝

白菜汤

制作方法：

将上面制作方法5当中预留的白菜嫩叶10g一边搅拌一边煮即可。

宝宝菜单

推荐给1岁～1岁半的宝宝

中餐风味汤

制作方法：

1 将上面制作方法6当中的预留出白菜嫩叶15g、粉丝5g、肉丸1个（宝宝用小勺子大小的2个）、汤汁1/4杯。

2 白菜切成适合宝宝食用的大小，预留的肉丸如果是成年人食用的大小就切碎。

3 将汤汁和粉丝加入2之后放进小锅里面煮开加少许酱油调味即可。

爸爸妈妈菜单

充足补充蔬菜营养的汤菜

甘薯汤

材料：（成年人2人＋宝宝1人份）

鸡胸肉50g，甘薯50g，白萝卜50g，胡萝卜25g，牛蒡20g，小葱1棵，高汤2½杯，味噌酱2大勺（适量）。

制作方法：

1 鸡肉切成适合食用大小的块儿。

2 甘薯切成大约7mm左右厚度的块儿，胡萝卜、白萝卜都切成大约4mm左右厚度的块儿。

3 牛蒡切成任意块之后过水。

4 小葱切成碎末儿。

5 将汤汁和牛蒡以及白萝卜、胡萝卜放进锅里面炖。

6 加入鸡肉和甘薯煮到蔬菜变软为止。

7 加入味噌酱调味后即可装盘咯。

爸爸妈妈菜单

鲑鱼切片之后更加方便预留宝宝分量

烤鲑鱼

材料：（成年人2人＋宝宝1人份）

生鲑鱼2条（整条切开），长葱10cm，香菇2朵，口蘑1/4朵，黄油5g，食盐、酒、酱油各少许，7倍水分的米粥（参照P14～15）50g。

制作方法：

1 生鲑鱼切成片后薄薄地涂抹上一层盐，水分出来之后用厨房纸擦掉。

2 长葱斜面切成薄片，香菇也切成片，口蘑去掉根茎之后用手撕成小条。

3 给锡纸涂上油之后将1摆在上面2覆盖在1上。

4 黄油洒在上面、浇上酒之后严密包裹起来。

5 在烤箱里面大约烤制15分钟。

6 装盘后揭开锡纸稍微加入酱油调味。

宝宝菜单

推荐给7～8个月左右的宝宝

三色蔬菜羹

制作方法：

1 将上面制作方法6当中的胡萝卜和白萝卜各5g以及甘薯10g预留出来，加少许汤汁煮熟。

2 将白萝卜和胡萝卜切成大约3～4mm左右的小块。

3 将甘薯加少许汤汁捣碎调和成甘薯泥后加入2搅拌均匀即可。

宝宝菜单

推荐给7～8个月左右的宝宝

鲑鱼配米饭

制作方法：

1 将上面制作方法5当中的已经烤好的鲑鱼1片和香菇2～3片预留出来。鲑鱼切成碎块儿、香菇切成碎末儿。

2 将1加入米粥里面后搅拌均匀即可。

※ 蔬菜水果的分量是指去掉了皮和核儿之后的分量。

※ 烤面包机（烤箱）加热的时间因机器的种类不同而存在差异。因此请大家酌情处理。

断奶食品Q&A

Q 担心过敏的话是不是应该不给宝宝吃鸡蛋比较好?

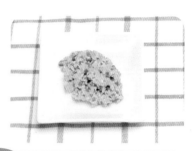

A 仅仅凭借我们自己判断就一直不给孩子吃鸡蛋是不明智的做法。

诚然鸡蛋是容易造成食物过敏的原因之一,但是同时鸡蛋也是优质的蛋白质供给源。如果爸爸妈妈是过敏体质,并且担心宝宝也会有过敏的症状出现的话,还是去找医生咨询一下才比较稳妥。在了解了是否是过敏体质,以及对于什么过敏等具体情况下、再考虑该如何妥善应对。不仅仅是鸡蛋,其他食品也包括在内,光是爸爸妈妈的判断就一直不给宝宝吃,这样的做法是不明智的。掌握正确的知识基础之上要全面考虑宝宝的营养均衡性,只有这样才能不会对于宝宝的成长发育带来坏影响。

知识库 可能引发过敏的食物

特定过敏体质情况下,容易引发血压下降、呼吸困难甚至神志不清等症状的食品有:

● 发生人数多症状严重 小麦、荞麦、鸡蛋、牛奶、花生
● 会使过敏症状严重的食物 鲍鱼、鱿鱼、鱼子、虾、螃蟹、鲑鱼、青鱼、牛肉、鸡肉、猪肉、大豆、山药(山芋)、橘子、猕猴桃、桃子、苹果、香蕉、核桃、松茸、明胶

Q 第一次给宝宝食用的食品最应该注意的地方是什么?

A 初次给宝宝吃的东西要给很少的量,然后仔细观察宝宝的身体情况变化。

初次喂给的食品量基准是1天1种一小勺。之后要一整天仔细观察宝宝便便的状态,也要观察宝宝皮肤的状态,如果没有任何异常状况的话,则可以逐渐增加该食物的喂食量。一旦宝宝出现腹泻或者皮疹等疑似食物过敏的症状的话,要尽早带宝宝到医院就诊。

Q 是不是真的不能给宝宝吃蜂蜜？

因为蜂蜜当中可能含有肉毒杆菌，如果可能的话尽量避免给宝宝食用比较好。

对于成年人虽然是无害的，但是对于免疫机能还没有那么发达的宝宝来说可能会引发"婴儿肉毒杆菌症"。因为肉毒杆菌即使在高温之下也不会完全死亡，因此即使是加热之后仍然不能够保证一定安全。当宝宝在满1岁左右抵抗力逐渐完善之前，我们建议尽量不要给宝宝吃蜂蜜。

Q 断奶食品可以由着宝宝需要多少就给多少么？

我们可以参考"1餐大约多少"来尝试着调节给宝宝的喂食量。

由于宝宝的胃肠机能还不是非常成熟，所以如果一次吃的量过多的话，就会出现腹泻等情况。根据宝宝出生的月份数参考"1餐大约多少（P24）"来调节宝宝饮食量。另外，如果宝宝不充分咀嚼就吞咽下去或者吃得速度太快的话，也会不容易有饱腹感。我们尽量做到给宝宝把食物放到嘴里之后轻声温柔地和孩子说"好好嚼哦"一边慢慢地喂给宝宝吃。

Q 勺子只要放到嘴里就被宝宝抵抗时候该怎么做才好？

我们来尝试着改变喂饭方法，改变勺子的材质以及形状。

将断奶食品沾一点点在勺尖儿上即可。勺子放到宝宝嘴边，只要宝宝张开嘴就把断奶食品放到宝宝的舌头中间即可。收回勺子时候要尽量保持水平线。如果刮到宝宝的上唇的话，那就会被宝宝抗拒。还有勺子的触感也是一个问题，如果宝宝不喜欢勺子的触感，也会由此讨厌食物。那么我们也可以尝试着改变勺子的材质和形状或许就会改善宝宝抗拒勺子的问题。

Q 宝宝一开始吃断奶食品便便就变得稀软，这样的话是不是开始断奶食品太早了？

A 只要没有腹泻以外其他症状就不要特别担心。

仅仅是大便变得有些稀软，但是宝宝精神很好，母乳或者牛奶也还是一样在吃，并且对于断奶食品依然表现得有兴趣的话，就不用特别担心。有可能是液体的饮食加上断奶食品引起的，逐渐习惯了之后就会恢复正常的便便。但是，如果宝宝出现了没有食欲、没有精神并且状态不好甚至发烧等症状的时候，就有可能是生病了，一定要送去医院就诊。

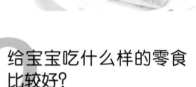

Q 宝宝不怎么吃蔬菜的。这样的情况下断奶食品里面食用蔬菜汁的话可以么？

A 让宝宝吃蔬菜本身是很重要的体验之一。

给宝宝喝蔬菜汁在某种程度上可以补充到蔬菜所富含的营养成分。但是，断奶食品最重要的功效不仅仅是补充营养给宝宝。断奶食品更为重要的使命是让宝宝了解吃东西的乐趣，要让宝宝亲口体验各种食物本来的口感以及香味。努力调整符合宝宝口感的大小、软硬以及烹饪方法、循序渐进地让宝宝爱上蔬菜的味道。

Q 给宝宝吃什么样的零食比较好？

A 推荐容易消化吸收并且营养均衡的食物。

断奶期间的零食要尽量以补充正常饮食无法摄取的营养成分为主要目的。要整体考虑1天的饮食内容来决定零食的内容。我们推荐容易被消化吸收的、不会含有太多脂肪的食物。尽量避免太咸或者太甜的东西。还有一点需要注意的是比起外面市场上卖的东西自己家里做的食品更为理想。只要考虑这个也是宝宝饮食的一部分，所以饭团儿或者蔬菜条也是很好的选择。

Q 宝宝超级喜欢牛奶，是不是可以让宝宝随意饮用？

A 虽然牛奶营养丰富，但是如果过量饮用的话也不太好。

牛奶是富含钙质等多种营养的饮品。但是作为饮料饮用的话还是等宝宝1岁之后再开始比较好。这样做是因为有可能饮用牛奶会妨碍身体对铁的吸收。另外，如果喝牛奶肚子就饱了的话会影响饮食的摄入量，因此一天最多的摄入量在200～300mL左右最理想了。

Q 婴儿肥会不会对于今后的生活产生影响？

A 不要对于宝宝有过度的担心。

有一种认识认为如果有婴儿肥的话，长成成年人之后容易患上肥胖症。完全母乳喂养的人能够尽可能地避免肥胖症的风险，婴儿期早期如果体重急速增加的话，成年之后容易患肥胖症。因为宝宝的发育存在个体差异，所以不需要过度地担心。如果超过了"母子健康手册"上记载的"母子成长曲线"范围太大的话，需要找医生进行相关咨询，并且之后要尽量注意观察变化。

Q 宝宝一边玩一边吃东西，总是不能安稳下来的时候该怎么办才好？

A 我们大致观察宝宝喂饭的时间控制在20分钟左右，然后就给宝宝停止进餐。

把食物弄得一团糟或者将餐具推来拉去是宝宝要自己进餐的表现，不要硬要阻止孩子。虽说如此也不要把宝宝吃东西的时间无限制地延长。婴儿能够集中精神的极限是20分钟，如果这个时候看宝宝仍然没有继续进食的样子，就一边跟宝宝招呼"吃饱咯"一边停止孩子的进餐。